姉の元許嫁の政界御曹司は、ママとシークレットベビーを抱きしめて離さない

marmaladebunko

有坂芽流

marmalade bunko
マーマレード文庫

目次

姉の元許嫁の政界御曹司は、ママとシークレットベビーを抱きしめて離さない

プロローグ・・・・・・・・・・・・・・・・・・・・6
姉の恋人・・・・・・・・・・・・・・・・・・・・・26
身代わりの結納・・・・・・・・・・・・・・・・・・52
もう容赦しない・・・・・・・・・・・・・・・・・・73
純正サラブレッドの婚約者・・・・・・・・・・・・111
白昼夢のように・・・・・・・・・・・・・・・・・133
抱いてください・・・・・・・・・・・・・・・・・156
遠い異国で・・・・・・・・・・・・・・・・・・・169

二度と離れない……195
君のためにできること～side恭輔～……213
柚のために……221
家族の時間……260
悪事の果て……273
君がいないと……298
エピローグ～side恭輔～……305
あとがき……317

姉の元許嫁の政界御曹司は、
ママとシークレットベビーを抱きしめて離さない

プロローグ

天井の高いホテルのバンケットルームは、見渡す限りたくさんの人たちで埋め尽くされている。

中には家族連れと思われる姿も見受けられるが、そのほとんどはダークスーツを着た男性たちだ。

毛足の長い上質の絨毯が敷き詰められた大広間。天井には等間隔で豪奢なシャンデリアが吊り下げられ、眩いばかりの煌めきを人々の頭上に投げかけている。

壇上では現職の国会議員で政党の要職を務める父が、後援会の人たちに向かって演説を繰り広げる真っ最中だ。

幼い頃からもう幾度となく目にしてきた、俺にとってはもはや日常的と言っても差し支えない光景。

「ねぇ、恭輔《きょうすけ》、本当にこれ、私がやらなきゃいけないの？」

囁くような声が聞こえて隣に視線を向けると、梨花《りんか》が険しい視線を向けているのが目に入った。

すらりとした身体に長い手足、日本人離れした彫りの深い顔立ちの青木《あおき》梨花は俺と同じ十六歳、高校一年生だ。

梨花とは互いの父親が親友同士という縁から、気づいた時には一緒にいた。

自然のなりゆきなのか意図したことなのかは分からないが、幼稚園から高校まで学校すら同じ幼馴染だ。

今日の梨花は、華やかな赤いワンピースを身に着けている。

ノースリーブのAラインワンピースはリボンなどの装飾がないシンプルなデザインだが、それが却って彼女のくっきりした美貌を際立たせる。

シルク独特の光沢と白い肌、それに頭を動かすたび高い位置で結ったポニーテールの黒髪とのコントラストが、梨花をハッとするほど瑞々しく彩っている。

おそらく今日の特別な理由のために仕上げられた、高校生にしては艶めかしすぎる美しい姿だ。

梨花の向こう側では、梨花の妹の柚花《ゆずか》がつぶらな瞳をきらきらと姉に向けている。

柚花は俺たちより六つ年下の小学四年生。

まるでピアノの発表会みたいなふんわりしたワンピースを着た柚花は、いつもとは違ってメイクまで施された姉の姿にうっとりと見惚れている。

きっと童話に登場するプリンセスみたい……だなんて、夢見がちなことを考えているんだろう。

柚花の純真無垢な笑顔が可愛らしく、胸にホッと温かさが灯る。

けれど梨花はそんな妹とは裏腹に、大きな瞳を猫の目のように吊り上げ、投げつけるように言った。

「私、やっぱり嫌。どうして私がこんな恰好して、恭輔に花なんて渡さなきゃいけないの?」

梨花の言葉に、もう何度目か分からないため息が口をつく。

壇上では父が拍手喝采の中演説を終え、梨花たちの父親である青木のおじさんが後援会長として結びの挨拶を始めている。

俺の父親である真田英輔《さなだえいすけ》は、もう何度も当選している地元を代表する国会議員だ。

ここは都内でも有名な格式の高いホテル。今、目の前で執り行われているのは、もうすぐ行われる選挙に先駆けた父の事務所の決起集会だ。

代々地元の国会議員を受け継ぐ我が家と青木家とは、父と青木のおじさんが中学からの親友という縁で、俺が物心つく前から家族ぐるみの付き合いをする間柄だ。

早世した祖父の跡を継いで父が初当選してからは、青木のおじさんが後援会長を買って出てくれ、両家の繋がりはさらに強いものとなったらしい。

俺はそんな親父のひとり息子で、ゆくゆくは地場の選挙区を引き継ぐ立場だ。

もちろん幼い頃は父の仕事の持つ本当の意味など分からなかったが、成長するにつれ、生まれ育った土地や地場の産業に興味を抱くようになった。

何より地域に暮らす人々の温かさやひたむきさを、尊く大切に思う。

みんなの暮らしを守りたい。もっとより良い、人に優しい世の中になればいい。

幼い頃から父の側で見聞きしたことが核となり、俺の中で将来に対する意志が次第に固まっていったのは、ごく自然のなりゆきだった。

生まれ育った地域だけではなく、日本人としてこの国を誇りに思えるようにしたい。歳を経るごとに、俺の中でいつしか理想が確かな形になっていった。もっと広い世界で自分を研鑽したい。そんな思いから、数日後には英国へ留学することも決まっていた。

「仕方ないだろ。進行上、もう決まっていることなんだし」

会はもちろん選挙に向けて親睦を深めるためのものだったが、おそらく後援会に俺の留学を報告する意味合いもあったのだろう。

俺にとっても、幼い頃から見守ってくれている人たちにさらに成長することを誓い、自分自身を鼓舞させるための絶好の機会だった。

父の挨拶が終わって集会がお開きになった後、壇上では俺の渡英の挨拶と梨花から俺への花束贈呈が行われることになっている。

今思えば、俺の許嫁として梨花を披露することも含んでいたのだろう。

きっと梨花にとっては耐え難い屈辱だったろうが、俺にとっては生まれた時から背負ってきた義務のひとつでしかなかった。

自分の欲より成し遂げなければならない大事がある。

生まれた時から、そう教えられていたからだ。

梨花は抗議の色に染まる眼差しで傍らの椅子の上に用意された瑞々しいピンクの薔薇の花束をちらりと見やると、心底忌々しい表情で口を開いた。

「やっぱり無理。こんなのおかしいよ。本人の気持ちを無視して今どき許嫁とか婚約とか、時代錯誤も甚だしいよ」

「この状況で今さらやめるなんて、そんな無責任なことはできない」

「何でそんなに平然としてられるの？　こんな理不尽な目に遭わされて、恭輔はどうして黙ってるわけ？　自分の人生を勝手に決められて平気なの？　……大体、あんたの好みは私じゃないでしょ！」

目を血走らせて凄む梨花に、こちらも少し苛立ったように目を細める。

「それほど嫌なら、事前におじさんに言って、やめてもらえば良かっただろう」

乱雑に投げつけた言葉に、梨花がハッとしたように口をつぐんだ。傷ついたような横顔に、胸にちりりと焦げ付くような痛みが走る。

今の俺の言葉は卑怯だ。それができれば、何も梨花だって苛々しながらこんなところにいない。

青木のおじさんが経営する精密機械の会社は、ここ数年破竹の勢いで業務を拡大している。

その成功はもちろんたゆまぬ企業努力の賜物だが、彼が担う父の後援会長という立場が、まったく何の影響も及ぼしていないと言えば嘘になる。

人脈や信用や……世の中には実力以外に身に付けねばならないものがたくさんあるのだろう。

梨花が悔しそうに唇を噛みしめている。緊迫した空気が漂い、そのタイミングでちょうど視線の先にいた柚花と目が合った。

ふわりとした色素の薄い髪と瞳。優しく穏やかな性格の柚花は、姉妹でも梨花とは何もかもが正反対だ。

赤ちゃんの頃から知っているから梨花同様幼馴染と言ってもいいだろうが、兄弟のいない自分にとっては、彼女はまるで妹のように愛らしく思える存在だった。

柚花が着ているワンピースの、淡いピンクのシフォンの裾が頼りなげに揺れる。

梨花とのざらついた会話が柚花を不安にさせたのではと、胸が痛んだ。

それに……梨花とも、いずれきちんと話をしなくてはならない。

「梨花、とにかく今日は我慢してくれ。後でちゃんと話を……」

「うるさい。もういい。黙って……」

激しく激昂していたはずの梨花の声に、突然力がなくなった。

見ると、さっきまで薔薇色に色づいていたはずの頬が、まるで紙のように血色を失っている。

「お姉ちゃん！」

駆け寄った柚花に微かな笑顔を向け、梨花は崩れ落ちるようにその場にしゃがみ込んだ。

「お姉ちゃん、お姉ちゃんっ」

「梨花、どうかしたのか？　……どこか、痛む？」

梨花の傍らに膝をつき、彼女の顔を覗き込む。

けれど梨花は何の反応も返さない。

「お姉ちゃん……手がすごく冷たい……」

梨花の手を強く握りしめながら、柚花が泣き出しそうな顔をする。

不安で顔を歪ませる柚花と白い顔をした梨花を見ているうち、心の中に突然激しい感情が沸き起こった。

（本当に、これが俺のやりたいことなのか）

人を救い誇れる自分でいたい。そう思って向かう先は本当に間違ってはいないのか。

怒りとも悲しみとも説明できない感情が、どろどろと煮え滾るマグマのように身体の内部を侵食する。

目の前にいるたったひとりの少女でさえ救えない自分が、いったい何を成し遂げられるというのだろう。

「梨花。どうしたの？」

異変に気づいた母と梨花たちのお母さんが、こちらに向かって慌てて駆け寄ってきた。

ふたりの母に手を取られ、梨花は息も絶え絶えにうっすらと目を開ける。

「貧血かしら。ごめんなさい。この子、今朝から少し体調が悪かったの。あまり食欲もなくて」

「顔色が悪いわ。どこかで梨花ちゃんを休ませましょう」

おろおろと心配そうに梨花を見つめるお母さんに力強く頷き、母が周囲に注意深く視線を彷徨わせる。そして素早くホテルスタッフに目配せをして呼ぶと、小声で「医務室へ運んでください」と告げて立ち上がった。

黒服の男性に抱きかかえられ、梨花のすらりとした手足が頼りなく揺れる。そして母たちに付き添われながら、会場を出て行く。

柚花は今にも泣き出しそうな顔で、その一部始終をじっと見つめていた。

柚花の線の細いふわふわした身体が、一分の隙もなく不安で満ちている。己の無力さを実感しながら、俺は力の限り拳を握りしめる。

（いったい何をしてるんだ、俺は）

激しい感情。むくむくと膨らんだそれは魔物のように全身を駆け巡り、凶暴に肉を切り裂いて胸を突き破る。

幼い頃から、常に冷静でいることを強いられてきた。たとえどんなことがあっても、目の前にある義務を放棄してはならない。

どうしようもない苦痛の中で梨花があやって倒れても、俺はこの後壇上で揺るぎない決意と自信を後援者に証明する。

それが真田家に生まれた自分が、守らねばならない宿命。

(俺は……いったいいつまでこんなことを続けるんだ)

そう思った瞬間、指先に温かな温もりが触れた。

ハッとして見下ろすと、柚花の幼気な眼差しが俺を見つめていることに気づく。

柚花の透き通るような瞳が俺を芯から捉え、そのあまりの清らかさに、思わず息をすることすら忘れてしまう。

「お姉ちゃん、病気になっちゃったの？　どうして……」

小さな唇が不安に震え、無垢な瞳にみるみる涙が溢れた。綺麗な雫がいく筋も流れ落ち、純白の柔らかな頬を濡らしていく。

思わず膝をつき、彼女の肩に触れていた。

涙に濡れた睫毛が縁どる柚花の無垢な瞳が、はっきりと俺を映す。

深い森の奥にある澄んだ湖のような神聖さに、俺の中で荒れ狂っていた感情が、次第に静かになっていく。

(柚を……安心させないと)

大きく息を吸い、気づけば俺は柚花の頬に触れていた。指で包み込み、その涙を拭ってやる。

柚花はしばらくされるがままに身を委ねていたが、やがて振り絞るように言葉を紡いだ。

「恭輔君……」

縋るように見つめる、涙に濡れた眼差しに胸が締め付けられる。宥めるように肩を撫でてやり、笑って見せる。

「柚、そんなに心配するな。たぶん梨花は大丈夫だから」

「本当？」

「ああ。きっと怒りすぎたんだろう。少し休んで甘いものでも食べれば、すぐに元気になるよ」

俺の言葉に、硬く張り詰めていた柚花の顔がようやく緩む。

ホッと緩んだ顔に笑みがこぼれ、その拍子に目の中に溜まっていた最後の涙が、柚花の頬をつっと伝った。

疼くように込み上げた切なさを誤魔化すよう、笑顔を浮かべて柚花の顔を覗き込む。

「柚、怖い思いをさせてごめんな」

「ううん。でも……」

小さな身体を俺に預けながら、柚花はすぐ側にある椅子に視線を向ける。

座面には梨花が俺に渡すはずだった花束が、ひっそりと佇んでいた。

さっきまで瑞々しかった花々は、まるで置き去りにされた人形のように頼りなげだ。

一分の隙もない作り物のような美しさが、自分の姿に重なる。

「どうしよう。このお花、お姉ちゃんが恭輔君に渡すはずだったんでしょう？　今日は恭輔君が外国へ行くお祝いをするって」

柚花はそう呟きながら、壇上で言葉を続ける自分の父親に視線を向けた。

見ると話を続けるおじさんの顔にも、隠し切れない心配げな表情が浮かんでいる。

梨花が体調を崩したことで、みんなが困惑しているのは明らかだった。

子ども心にもそれが分かるのか、柚花は縋るように俺を見つめている。

「恭輔君、お花、どうしよう」

邪気のない柚花の言葉に、俺の心がしんと静かになった。

(こんな状況で……留学の祝いも何もあったもんじゃない)

梨花は俺に花束を渡すのが嫌で倒れたのだ。この花束は……きっと俺の手に渡らない運命だった。

「いいよ。梨花も渡すのを嫌がってたし、俺だって別に花が欲しいわけじゃない。具合が悪くなるほど嫌なことをやらせようとしたのが間違いだったんだ。わざわざ留学を祝うなんて……馬鹿げてる」

「えっ……」

冷たく言い放った言葉に、柚花が柔らかな身体を硬くしたのが分かった。

本当に馬鹿げている。

義務もしがらみも、別に俺が望んで手にしたものじゃない。梨花だって、きっとそうだろう。

運命。宿命。

何の意味がある？

数えきれないほど浮かんでは押し込めてきた疑問が、また脳裏にひやりと忍び込む。

優秀な級友たちの中には、父の跡を継ごうとしている自分にあからさまな嘲笑の眼差しを向ける者もいる。

彼らの視線はすでに国内には向いていない。能力を発揮できる場所はもう日本にはないと、世界に向けて羽ばたこうとしている。

父や青木のおじさんがそんな現状を憂い、口には出さないが自分に未来の芽を託そうとしていることは分かっている。

刻々と移りゆく世界でこの国が生き残るには、過酷な現状を切り開く人材を確保するほかはないのだ。

俺たちの世代が世界と戦える力を身に付けなければ、この国に未来はない。

(だからって、自分を犠牲にしていいのか)

自分という存在はいったい何なのか。意志を持たず、ああやって幼馴染が倒れるまで追い詰めても黙っていろというのか。

紙のように白い梨花の顔を思い出し、喉の奥から熱の塊がせり上がってくる。

荒れ狂う怒りの感情に身を任せれば、楽になれるのかもしれない。

身体からするりと抜け出した狡猾な顔をした自分が、怒りに震える俺に白々と笑いかける。

心の奥底。自分すら届かない場所で、本当はそんなものくそくらえだと思う自分がいる。

(……いっそ、すべて壊してしまおうか)

自分で自分に向けた殺意にも似た感情が、冷たく血管の中を流れた。

周囲を取り巻く抗いようのない大きな力。そのひとつの歯車に過ぎない自分の存在。

真実はどこにあるのだろう。

答えの出ない堂々巡りが、頭の中で何度も繰り返される。

「でも……恭輔君は大人になったら、日本を変える人になるんでしょう。そのためにっと外国に行って勉強するって、お父さんが言ってた。柚、すごいって……恭輔君ならきっとできるって、そう思ったの」

「えっ……」

思いもよらない柚花の言葉が、暗く澱んでいた心に突然落ちてきた。

ざっと爽やかな風が吹き、身体に纏わりついていた暗雲が消えていく。

(日本を変える……)

まるで目が覚めるように視界が冴え、遠い日の記憶がくっきりと浮き上がった。

それは俺がまだ柚花より幼かった頃、作文に書いた言葉だ。

俺が幼い頃から、父は折に触れてこの国の歴史上の人物の逸話を話して聞かせてくれた。

皆それぞれ胸が沸き立つ武勇伝だったが、中でもひときわ強く心に残った人物がいた。

日本が鎖国を解いて混乱の最中にあった幕末、彼は武力ではなく知恵と勇気で鮮やかに日本を変えたのだ。

（彼のような、大きな人間になりたい）

それは政治家の家系に生まれた俺が、初めて自覚した未来への希望。純粋な、穢れのない憧憬だった。

過去が何かを叫んだ気がして、心がざわざわと騒ぐ。

もちろん、それは小学生の柚花には分かるはずのない葛藤だ。

しがらみや苦悩。けれどその何もかもを飛び越えて軽やかに届いた柚花の言葉は、俺自身の真実だった。遠い昔、まだ柚花よりも幼かった俺が掲げた穢れない夢の形。

半ば呆然とする俺の腕に、柚花は必死になって縋り付く。

「あのね、柚……柚は恭輔君のお祝いをしたい。外国でお勉強して、もっともっとすごい恭輔君になるんでしょ。ねぇ、だから……だから……」

もどかしげに言葉を選ぶ柚花を見ていたら、血管の中を駆け巡っていた針のように尖った感情が、音もなく溶けて消えていった。

優しく、慕わしい柚花。いや、柚花だけじゃない。

俺はこれまで自分を支えてくれた人たちの存在を、改めて思う。

（逃げ出すことは、もうできないんだ）

背中に担いだ重い荷物と一緒に積み重ねてきた時間は、もう俺ひとりのものじゃない。

投げ出すことも逃げ出すことも、絶対にできないし、したくない。

運命に与えられた、たったひとつの道。

大切なことを思い出し、俺は柚花を正面から見つめる。

無垢な言葉で俺を繋ぎとめてくれた、優しい存在を。

(俺は……こんな小さな柚花にすんでのところで助けてもらった)

掲げた理想は、今はまだ遠い。

苦悩、しがらみ、肩に圧し掛かった重責。そんな一切を飲み込んで、俺はすべてを抱えて生きていく。

「そうだよな。このまま逃げるなんて、卑怯者のすることだ。俺、やっぱり向こうで頑張ってくる。でも、それならこの花束をどうしよう。このままだと、俺は花束をもらえないまま留学することになる。……それはちょっと寂しいな」

そう言って、俺は柚花の目の前で寂しげに睫毛を伏せてみる。

俺はきっと、あの頃から君に甘えていたのだろう。

まだ小学生だった、幼気な君に。

「どうしよう。どうすればいいの……？」

柚花は居ても立ってもいられないように俺のスーツの袖を引っ張った。

疑うことを知らない色素の薄い琥珀色が、深い湖の底へ誘うように俺の心を引き寄せる。

まるで、長い眠りから覚めて最初に王子を目に映した、プリンセスの瞳のように。

「できれば梨花の代わりに、柚がこの花束を俺に渡して欲しい。無茶なお願いだってことは分かってるんだ。でもしばらくみんなに……柚にも会えなくなるんだし、もし柚から花をもらえたら、俺も向こうで頑張れる」

「えっ……」

唐突な提案に、柚花は戸惑ったように目を瞬かせる。

活発な梨花と違い、柚花は今も昔も人前に出ることが苦手な女の子だ。

壇上に視線を向ける大勢の人たちを振り返り、彼女の小さな身体が緊張で震えたのが分かった。

愛おしい気持ちがさらに溢れ、柔らかな髪に触れて優しく梳いてやる。

すると頼りなげに揺れていた柚花の眼差しが、不意に凛と強く光った。

澄んだ瞳は真っ直ぐに俺に注がれ、迷いのない、ありったけの感情を投げかけてくれる。

信頼。好意。それに……憧れとか？

ごめん、俺は今でも、あの頃の自惚れた俺のままだよ。

柚花が手を伸ばした花束を、抱えやすいように俺も手を差し伸べた。

最上級の薔薇をふんだんに盛った花束は思っていたよりも大きく、柚花が両手を広げて抱え込んでもなお余る。

彼女の背後から抱きしめるように両手を重ね、一緒に花束を持って立ち上がった。

柚花が触れたとたん、鮮やかに放たれる色彩。

淡いピンクの花弁をほんの少しだけ綻ばせた蕾から、香しい薔薇の香りがふわりと漂う。

「柚、重くないか」

「うん。大丈夫」

「待って。柚、ちょっとここに座ってごらん」

柚花を椅子に座らせ、薔薇の蕾を一輪、短く折って彼女の髪に飾った。続いてもう一輪を同じように自分のスーツの胸ポケットに挿す。

瑞々しい薔薇の生気が、俺と柚花を包み込んだ。

「ほら、お揃いだ。だからもう怖くない。俺が側にいる」

俺の言葉に、柚花の頬が薔薇色に染まる。

あの一輪の薔薇は、きっと最初から君の髪を飾る運命だった。今でも……心からそう思う。

「おいで、柚。行こう」

手を差し伸べた先には柔らかで優しい柚花の笑顔。この笑顔を、みんなの笑顔を守れる男になりたい。

触れ合った小さな手の温かさに励まされるよう、俺は光に満ちた壇上へ進む。

あの日から、きっと俺は囚われてしまったんだ。

心の中でひっそりと佇む、たったひとりの大切な君に。

姉の恋人

「ねぇ、見て、この写真。恭輔君って、昔から本当にハンサムだったわよねぇ」

夕食の後、家族でコーヒーを楽しんでいると、母が興奮した面持ちでリビングに駆け込んできた。

見ると、手には何枚かのスナップ写真が握られている。

母はシックな革張りのソファーでくつろぐ父の隣に座ると、嬉しそうに写真をテーブルの上に並べた。

「これは確か、恭輔君が留学する少し前の決起集会だな」

「そうそう。懐かしいわねぇ。会の終わりに梨花が恭輔君に花束を渡すはずだったのに、急に具合が悪くなってしまって。あの時は本当にどうなることかと思ったわ」

母はそう言うと、正面のソファーに座る姉に向かって大げさに眉を上げる。

「梨花ったら、直前になって倒れちゃうんだもの。お父さんは挨拶している最中だし、お母さん、もうどうしたら良いのか分からなくなっちゃって」

「体調が悪かったんだから、仕方がないだろう。それに、梨花の代わりに柚花が花束を渡して、みんな喜んでいたじゃないか」

「それはそうですけど。でも、あの赤いドレス、もったいなかったわね。せっかく花束贈呈のために作ってもらって、梨花にすごく似合っていたのに」

母はそう言うと、小さくため息をついた。

そして素知らぬ顔をしてコーヒーを飲んでいる姉を横目に、スナップ写真を私の方へと差し出す。

「柚、ほら見て。あなた恭輔君に本当に大切そうに抱っこされて、まるでお姫様みたい」

母の手から写真を受け取ると、私は改めてあの日の自分の姿を見つめる。

ふわりとしたシフォンが幾重にも重ねられた、ベビーピンクのワンピースを着た私は、まだ高校生だった恭輔さんの片方の腕で優しく抱き上げられている。

彼のもう片方の手には、大きな薔薇の花束。そして私の髪と彼の胸のポケットには、艶やかな薔薇の蕾が飾られている。

——お揃いだ。だから怖くない。俺が側にいる。

十年以上昔の、ほんの一瞬を切り取っただけのスナップ写真から彼の甘い囁きが聞こえた気がして、胸がとくりと音を立てる。

今より線の細いすらりとした立ち姿、繊細な顔立ちには少し強すぎる黒々とした意志のある眼差し。

長い年月を経ても、あの日の記憶はやけに鮮明だ。

父と恭輔さんのお父さんが同級生という縁から、我が家と真田家とは私が生まれるずっと前から家族ぐるみのお付き合いをしていると聞く。

旅行や双方の家を訪れての食事会など一緒に過ごす機会も多く、私も物心ついた頃にはもう恭輔さんの家族とは打ち解けていたような気がする。

それに恭輔さんは昔から、まるで王子様のように完璧な人だった。

だから自然と、私にとっては憧れのお兄さんのような存在になっていったのだと思う。

恭輔さんのお父さんである真田のおじ様は、現職の国会議員だ。真田家は何代も続く地元の名士で、多くの高名な政治家を搬出してきた家系でもある。

恭輔さんはその真田家のひとり息子。現在はおじ様の私設秘書を務めている。

昔から父も母も『いずれ恭輔君が大人になって国会に出れば、きっと日本の国のために誠実に働く素晴らしい議員になる』と、折に触れて口にしてきた。

私だって両親と同じ気持ちだ。

幼い頃から、彼と接するたび口では説明できない圧倒的なオーラを感じていた。正義感、公平さ、純粋さ……。それはきっと、生まれつき身に備わった彼の資質なのだろう。

彼に接する誰もが彼を好きだったし、いったいどんな大人になるのかと期待に胸を膨らませずにはいられなかった。

でも……姉が倒れたあの日、彼は私の知る彼ではなかった。

あとほんの少しバランスが崩れたら彼が壊れてしまう。そんな理由の分からない不安に胸が押し潰されそうになったことを、はっきり覚えている。

いつものように、揺るぎなく強くいて欲しい。

そこにいるだけで、みんなを照らす光り輝く存在でいて欲しい。

必死になって彼の腕に縋り付いた私だけに見せた、少年のような横顔。

そんな危うさは一瞬のことですぐにいつもの揺るぎない彼に戻ったけれど、今でもあの日の彼の横顔は、私の心に鮮烈な感情を刻み付けたままだ。

身体を包み込む薔薇の香りや耳元で囁いた甘い声、それに彼に抱き上げられたときめきも、まるで昨日のことのように思い出すことができる。

姉の代わりに花束を渡しただけ。ただそれだけのことだったはずなのに、私にとってはまるですべてを塗り替えてしまうような出来事だった。

誰にも秘密の、宝石のような思い出。

不意に頬が熱くなるのを感じて、私は慌てて写真を母に返す。

「こんな昔の写真、何だか恥ずかしい」

「可愛く写ってるんだから、恥ずかしがることないじゃない。でも恭輔君、今思い返してても本当にしっかりしていたわね。あの時はまだ高校生だったのに」

「ああ。私も壇上からどうなることかと見ていたが、心配は無用だったな。まだ小さい柚花を怖がらせることなく壇上に上がらせて、支援者に対しての挨拶も完璧だった。あの後はしばらく、いい後継者にも恵まれて真田の地盤は安泰だと、みんな手放しで喜んでいたよ」

父の言葉に、母が急にしんみりした表情を浮かべた。

そして相変わらず淡々とコーヒーを飲んでいる姉に向かって、改まった口調で言う。

「梨花。あなたも結婚したら恭輔君の力になれるよう、精一杯務めるのよ。明日の結納が済めば、周りはあなたを恭輔君の伴侶、つまりは地盤を守る議員の妻と見るようになるわ。政治家の妻の役割はうわべで見る以上に大変なことばかりだから、これからはしっかりと自覚を持って行動してちょうだい」

こんこんと言って聞かせる母の顔には、その言葉以上に姉を想う心配げな表情が浮かんでいる。

するとそれまで黙っていた姉が、コーヒーカップを置いて視線を上げた。

そして正面に座る両親に向かって、フッと表情を緩める。

「分かってるわよ、お母さん。それにお父さんも、そんなに心配しないで」

姉らしい、凛とした強い眼差し。

いつものように揺るぎない姉の様子に母の顔に笑みが浮かんだけれど、父は引き締まった表情を浮かべながら、強い視線を姉に向けた。

「梨花、お前は聡明で優しいお父さんの自慢の娘だ。だが……本当にこれで良いんだな？」

「良いんだなって……お父さん、今さら何を言ってるの？　今までうっとうしいくらいしつこく縁談を勧めてきたくせに」

姉はいつになく真剣な父に向かって噴き出すと、破顔して大げさにソファーの背もたれに凭れ込む。

「そんなこと言ったって、今さら嫌だなんて言えないでしょう。明日、もう結納だってするんだし」

おどけたように肩を竦めて見せる姉に向かって、なおも父は言葉を続ける。

「梨花、お前は今まで、自分の意志で留学や就職をして充実した日々を過ごしてきた。だが恭輔君と一緒になれば、これまでとはまるで違う人生を過ごすことになる。恭輔君は真田同様、いや、きっと真田以上に優れた政治家になる男だ。結婚して妻になれば、お前が先頭に立って彼を支えねばならない。一生のことだ。ちゃんと良く考えて……」

誠意に満ちた眼差しでとつとつと言葉を連ねる父に向かい、姉は呆れたようにため息をつくと、背もたれから身体を起こして姿勢を正した。

そしてぐるりと家族全員を見渡し、姉らしい、包み込むような笑みを浮かべる。

「もう、お父さんたら大げさだなぁ。それにお母さんも柚も、そんなに心配そうな顔をしないで。恭輔との縁談を受けることにしたのは、ちゃんと考えて自分で決めたことなんだから」

「本当だな？」

「うん。それに恭輔のことは嫌いじゃないし、お互い気心が知れてるから結婚しても上手くやれると思う」

姉の言葉に、父の顔にようやく安堵の色が浮かぶ。

「私も良かれと思って進めたことだが、梨花の負担になってはいないかと急に不安になってな。お前が納得しているなら余計なことだった。安心したよ」

父はそう言うと、優しい眼差しで姉を見つめた。

三代続く精密機械の製造業を営む父は普段は仕事で忙しく、私たちと一緒にいられる時間はそう多くはないが、時おり見せるこんな気遣いに私も姉も父の愛情を肌で感じている。

それに幼い頃から家族ぐるみの付き合いをしている真田のおじ様のことだって、その誠実な人となりは十分に分かっている。

そんなふたりが取り持つ縁なら、きっと姉も幸せになれるだろう。

明日、都心のラグジュアリーホテルで執り行われる姉と恭輔さんの結納は、互いの絆を強固なものにしたいという、両家の長年の望みでもある。

最近体調を崩しがちな真田のおじ様にしても、古くからの親友であり後援会を取り仕切る父の娘と後継ぎが結婚すれば、どんなに心強いだろう。

（お父さんもお母さんも、本当に嬉しそう。お姉ちゃんと恭輔さんの結婚は、みんなの希望の光なんだ）

私も明日行われる姉の婚約を、心から嬉しいと思う。

けれど……姉の縁談が話題に上るたび、胸の奥深く、誰にも知られない柔らかな場所に刺さった小さな棘がちくりと鈍い痛みを走らせていることにも、私はもうずっと前から気づいている。

誰も知らない、私だけの密やかな痛み。

「さて、と。明日は朝早いし、私、もう休むね」

話を切り上げるよう、姉がソファーから立ち上がった。

艶やかな姉の黒髪が、肩先でさらりと揺れる。

「梨花、ホテルの美装室の予約は確認したの？」

「うん。明日着る振袖の確認もしてもらって、あとは私が行くだけだから。予約の時間はお昼前だけど、着付けやヘアメイクもあるし、私は一足先に家を出るね」

「そう。それじゃ、今日はゆっくり眠りなさい。明日は倒れたりなんかしないようにね」

母の言葉に笑顔を返すと、姉はリビングを出て行く。

その後姿を、少し切ない気持ちで見送った。

入浴を済ませて部屋へ戻ると、時刻はもう十時を過ぎていた。

化粧水で肌を整えベッドに腰掛けると、脱力してばたりとマットレスへと倒れ込む。

（お姉ちゃんと恭輔さんの結納、か……）

姉と恭輔さんとの結婚話は、私が物心つく前から両家の間で出ていたという。

私だって何の疑問も抱かず『お姉ちゃんは恭輔君のお嫁さんになる』と思っていたのだから、周囲のふたりへの期待は、きっと想像以上に大きかったのだろう。

同じ年に生まれたこともあり、姉と恭輔さんは双方の親たちに何かと一緒に行動させられていたそうだ。

習い事や幼稚園なども一緒で、気づけば親から離れた場所でもふたりで行動することが多くなり、ふたりとも利発で運動神経が良かったことも重なってどこへ行ってもペアを組まされるようになったという。

さすがに思春期を迎える頃には別行動をするようになったけれど、それでも『恭輔君と梨花ちゃん』というふたりでひとつの称号は、その後もずっとついて回った。

あまり感情を表に出さない恭輔さんとは違い、姉の方は周囲の思惑に反発したこともあったようだけれど、それも恭輔さんが留学してからは薄れていった。

というより、ふたりが一緒にいる機会がなくなり、周囲にとやかく言われることが少なくなったというのが本当のところだろう。

ふたりがまた顔を合わせるようになったのは、つい最近のことだ。

高校からイギリス、大学はアメリカへ留学していた恭輔さんは卒業後に日本に戻り、二年ほど外資系の金融機関で働いて、その後は国会議員であるおじ様の私設秘書として、現在に至るまでおじ様の議員活動を支えている。

一方、姉は日本の大学を卒業した後フランスの大学院で学び、現地の商社で四年間ほど働いて、今年の春の異動で同商社の日本法人へ移動になったばかりだ。

姉の担当はフランスワインの海外への輸出。フランス本国ではかなりの業績を上げた、相当なやり手だったらしい。

実際、姉は帰国後も百貨店や一流レストランのアドバイザーとして取引を担当しており、僅か半年ほどで業界でも名が通るほど高い評価を受けている。

それに、約六年ぶりに戻ってきた姉は以前にも増してきらきらと輝いていた。

毎日を充実して過ごしていることがはた目にも感じられ、その内から溢れるエネルギーも相まって、もともと備わった美貌にさらに磨きがかかったように感じられた。

姉が帰国してからは姉妹で食事やショッピング、観劇などに出かける機会も多くなったけれど、視野の広い姉との会話は楽しく、その多岐にわたる見分の広さに私もいつも刺激をもらっている。

(昔から思ってたけど、お姉ちゃんって本当に完璧。私とは大違いだ)

私は中堅の大学で英語を学んだ後、父の経営する精密機器メーカー、青木製作所に入社した。姉とは比べ物にならない平凡な人生だけれど、父や亡くなった祖父が大切にしてきた家業で働けることは嬉しく、私なりに充実した毎日だ。

(でもお姉ちゃん、とうとう恭輔さんと結婚するんだなぁ……)

ずっと前から決まっていたこととはいえ、姉が結婚するのはやっぱり少し寂しい。

それにさっきリビングで聞いた父の言葉が脳裏に浮かんで、心がざわざわと騒ぐ。

——本当にこれで良いんだな？

父が姉に投げかけた疑問は、正直なところ私も感じていたことだ。

父が言った通り、姉はこれまで誰に頼ることなく自分の力だけでキャリアを積み重ねてきた。努力と勇気で、自分だけの道を切り開いてきたのだ。

けれど姉は、今回の結婚話でそのすべてを手放した。

何の未練もなく、あっけないほどに。

(でも……みんな、ふたりの結婚をすごく喜んでる)

姉が日本へ戻って間もなく、姉と恭輔さんとの縁談が再浮上した。

ふたりとももう二十九歳、そろそろ結婚の話を進めてはどうかという、ごく自然な流れでの提案だった。

まだ帰国したばかりなのに……と戸惑う私の予想に反し、ふたりの結婚話はとんとん拍子に進んでいった。

最近真田のおじ様が体調を崩しがちだということも理由のひとつかもしれないが、何より当の本人たちが異論を唱えない。

そんなこんなであれよあれよと言う間に日取りが決まり、とうとう明日、結納を交わす運びとなったのだ。

姉はこの縁談に伴い、順調だった仕事も退職した。

側で見ている私ですら急な展開に心の準備ができていないというのに、志半ばですべてを手放す姉の心中を思うと、何だか居た堪れない気持ちになる。

それに……結婚して夫婦となるふたりを想像すると、私の胸も理由の分からない切なさでいっぱいになってしまう。

落ち着かない気分を持て余し、私はそっと硝子戸を開けてベランダへ足を踏み出した。

晩秋の夜の冷気が、もうすぐそこまで来ている冬の気配を感じさせる。

雲ひとつない澄みきった夜空。

月のない濃紺の帳に、無数の星たちがそこここに瞬いている。

手持ち無沙汰にそのひとつひとつを数え、はぁっと手に息を吹きかけた、その時だった。

隣室から話し声が聞こえ、私はハッと身体を硬くする。

(……お姉ちゃん?)

ひと続きのベランダから繋がる隣の部屋は姉の居室だが、どうやら硝子戸が開いているらしい。電話で話している様子の姉の声が、こちらまで漏れ聞こえてくる。

フランス語で話しているから、相手は向こうでの知り合いだろうか。

姉の声は時おり途切れては高くなり、説得するように優しく穏やかになったかと思えば、強く感情的になる。

そして最後には涙に濡れて途切れがちになり、長い沈黙が続いた。

「……アデュー」

姉の強い口調で会話は途切れ、続いて翻ったカーテンの中から姉がベランダへ出てきた。息を潜めて聞き耳を立てていた私と鉢合わせになり、お互いに身動きできないまま見つめ合う。

しばらくの沈黙の後、フッと息を吐いた姉が私の手に触れた。

「……とにかく部屋に入って。このままじゃ、風邪を引いちゃう」

手を引かれ、私はベランダから姉の部屋へと足を踏み入れた。


部屋に入ると、私と姉はベッドに並んで座った。

化粧っ気のない姉の美しい横顔には、幾筋も涙の跡が滲んでいる。

初めて見る姉の涙。

憂いに満ちた睫毛や頼りなげな細い肩がまるで見知らぬ人のように映り、胸がぎゅっと苦しくなる。

どんな言葉も相応しくない気がして、私はただ黙ってベッドサイドに敷かれたペルシャ絨毯の幾何学模様を見つめていた。

どれくらいの時間、そうしていただろう。

「みっともないところを見られちゃったなぁ。ごめん、びっくりさせたでしょ」

スンっと鼻を鳴らしながら、姉がわざと明るい口調で言った。

どんな時も揺らぐことのない、強く優しい姉が泣いている。

その紛れもない事実に、動揺から心臓の鼓動が激しくなった。

「やだな。そんな悲愴な顔しないでよ」

「だって……。お姉ちゃん、誰かと喧嘩したの？」

その誰かが友達や知り合いなんかじゃないことは、世間知らずな私にもうすうす分かっている。

それに姉は最後に〝アデュー〟と言ったのだ。

その言葉はフランスの別れの挨拶だが、決して軽く使うものではない。

昔、小説か何かで読んだのだが、〝アデュー〟は〝永遠の別れ〟という意味合いを持つ、死をも感じさせる重い言葉だ。

姉は泣きながら、誰かに永遠の別れを告げた。

たぶん、心から愛している人に。

何より初めて見る儚く切なげな表情が、そのことを物語っている。

「あの……間違ってたらごめん。お姉ちゃん、もしかして誰か好きな人がいるの？」

私の言葉に姉は一瞬表情を強張らせた後、涙に濡れた瞳を大きく見開いてゆっくりと瞬きをした。

驚いたような感心したような、複雑な表情だった。

「前から思っていたけど、柚ってふわふわしている割には本質的なところで鋭いよね」

姉はそう言うと、いつものように優しくふふっと笑う。

「そんなんじゃないよ。でも……お姉ちゃんのことなら、少しは分かる」

家族だから、一緒に育ったから。

大好きな姉のことだから、私にだって少しは分かるのだ。

姉は観念したようにため息をつくと、スマートフォンを取り出して画像を表示させた。

促されるように差し出された液晶に視線を落とすと、そこには若い外国人男性の姿が映し出されている。

彫りの深い顔立ちに、癖のあるブラウンの髪。

きっと誰もを笑顔にさせる甘さのあるハンサムだけれど、何よりも印象的なのは深い陰影を彩る眼差しだ。

緑色に煌めく瞳が情熱的にこちらを見つめているのは、きっとこれを撮った相手が彼の恋人だからだろう。

ひと目見れば分かる、愛し合うふたりにしか撮れない素敵な表情だ。

「彼、フランスの大学院で一緒だった人で、セルジュっていうの。実家はブルゴーニュでワイナリーを営んでいて、今は彼も実家でワイン造りに携わってる。彼の実家は、ブルゴーニュでも良いワインを造ることで有名なドメーヌなの」

「ドメーヌ……？」

「ブドウ畑を所有して、栽培から醸造まですべてを自分たちの手で行う生産者のことを、ブルゴーニュではそう呼ぶのよ。ドメーヌは家族経営のワイナリーが多いから企業が手掛けるワイナリーほど生産量は多くないけど、その分、作り手の情熱が直接感じられる良質のワインが多く生産されているの。自然が相手だからワインを造るのは大変だけど、自分たちの土地とブドウ作りへの誇りが、彼らをどんな困難にも立ち向かわせる。ねぇ、柚も今度、セルジュの作ったワインを……」

姉は目を輝かせて私に訴えかけていたけれど、言葉の途中でハッと我に返り、しょんぼりと肩を落とした。

そして無理に口角を上げて、切なげな笑顔を浮かべる。

「……馬鹿ね。セルジュのワインを飲む資格なんて、私にはもうないのに」

「お姉ちゃん……」

「さっきの電話の相手、セルジュだったの。恭輔との結婚のこと、私には日本へ帰ってきた時から絶対に避けられないって分かっていたけど、セルジュにはどうしても納得できないみたい。そんな馬鹿げた自己犠牲と自己満足、僕は絶対に認めないって」

姉は聖母のように笑うと、「普段は王子様みたいに優しいのに、言い出したら聞かないところがあるの」と愛おしそうに言った。

彼のことを話す姉の、見知らぬ美しい横顔が胸に刺さる。

恋をしている。

姉はセルジュに、本物の恋をしているのだ。

私は姉の手の中にある彼の顔を、もう一度じっと見つめた。

「すごく素敵な人だね。ハンサムでスマートなんだけど、逞しい感じもして。緑色の瞳もとっても綺麗。何だか、絵本に出てくる王子様みたい」

姉の大切な人を、私は丹念に目に焼き付ける。

会って話をしてみたい。純粋にそう思う。

「私にとって彼は、本当に王子様みたいに新しい世界へ導いてくれる人だった。自分を囲っていた硬い殻を、壊すんじゃなく溶かしてくれるような人だった。君はもっと自由に、思いのままに輝けばいいって、背中を押して見守ってくれた。でも……もうおしまい」

姉はそう言うと、手で顔を覆った。

堰を切ったように溢れる感情が、彼女を覆う。

引きつるようにしゃくりあげ、嗚咽の声を漏らして姉は子どものように泣いていた。

私はただ黙って、震える背中を撫でる。

小さな頃から、姉は私にとってまるで灯台のような存在だった。

自分の力を試したくて、少しもじっとしていられない。

好奇心に満ちた聡明な姉は、何かを始めればすぐに姿が見えなくなるほど遠くへ行ってしまうけれど、どんなに遠くへ行っても必ず『ここにいるよ』と明るい光を放って、私たち家族を安心させることを忘れなかった。

活動の場所を海外へ移してからも忙しい日々の中、仕事をやりくりして年に幾度か帰国しては、それぞれの近況や健康を慮ってくれた。

自由に振る舞うように見せかけていても、重い義務や責任はちゃんと肩に乗せて、私や両親に寄り添ってくれた。

美しく聡明な、私たちの自慢の梨花。

そんな私たちの身勝手な期待が、きっと知らぬ間に姉の幸せを奪っていたのだ。

(このままじゃ、ダメだ)

私は大きく息を吸い、姉の手に触れる。

「お姉ちゃんは、恭輔さんのこと好き?」

「えっ」

「だって、このままだと、お姉ちゃんは恭輔さんと結婚することになっちゃう。お姉ちゃんは恭輔さんのこと、セルジュさんより好きになれる？」

私の問いかけに、一旦止まった姉の涙が、またどっと溢れ出した。

私は側にあったハンカチで姉の涙を拭いながら、きゅっと唇を噛みしめる。

そして姉の指を借りてスマートフォンのセキュリティを解除すると、姉が利用している旅行サイトの画面を表示させた。

さくさくと移動するページを操作してチケット予約のサイトに辿りつくと、出発と到着の都市を選び出して、翌日の日付で検索する。

するとすぐに、結果が反映された。

ロンドン経由パリ行きのチケットは、残りあと一席。

私は躊躇することなく、確定ボタンをタップする。

「あっ、柚……」

目の前でスマートフォンを操作する私を、姉は呆気に取られた顔で見つめていたが、若干のタイムラグの後我に戻り、いつものしっかりした様子で私からスマートフォンを取り上げた。

「明日の朝の便じゃない。柚、これ、もうキャンセル料発生するよ！」

「キャンセル料なんて発生しない。だってお姉ちゃんは、この飛行機に乗ってパリに行くんだもん」

「え……」

姉はまた呆気に取られたように私を見つめていたけれど、やがてフッと身体の力を抜いて弱弱しく笑った。

「柚、ありがとう。でももういいの。今さら恭輔との結婚を取りやめるなんて、どう考えたって許されないよ。柚も分かっていると思うけど、うちの会社の取引先だって、真田家との繋がりが深い企業が大多数なの。結納の前日に娘が逃げるなんて、そんなことになったらお父さんだけじゃなく会社の信用もなくなっちゃう。家族を犠牲にしてセルジュの元へ行っても、私は自分が幸せになれるとは思えない」

「お姉ちゃん……」

「柚、心配しないで。私は大丈夫。柚やみんなが幸せなら私だって幸せなんだから」

姉はそう言って笑うと、私の身体に手を回してぎゅっと抱きしめる。

柔らかく温かな身体から、柑橘系の甘い香りが鼻先に漂った。

昔から姉は何か心配事があると、こうして私の身体を抱きしめてくれた。

心地よくて安心で、不安で震えていた私の心や身体は静かになり、代わりに勇気や希望で満たされていくのだ。

いつも私を守ってくれる大切な私の家族。でももう、姉のこの身体も心も私たちのものじゃない。姉のすべては、きっと誰より彼女を愛しているセルジュさんのものだ。

もうこれ以上、姉をここへ留めておくことはできない。

はっきりとそう思い、私は姉から身体を離した。

「幸せじゃない」

「えっ……」

「お姉ちゃんが犠牲になって保てる幸せなんて、私、本当の幸せだなんて思えない。きっとお父さんとお母さんだって、同じ気持ちだと思う」

私はそう言ってベッドから立ち上がると、姉のクローゼットからキャリーケースを取り出す。

「誰にも気づかれないようにしなきゃいけないから、荷物はあんまり持って行けないね。先月も海外出張へ行っていたから、パスポートは切れてないよね？」

「柚……！」

「パリの空港までは、セルジュさんに迎えに来てもらってね。着いたら私には連絡して。後のことは、私が何とかするから」

キャリーケースを開いて旅立ちの用意を始める私の手を、姉が苦しげな表情で握りしめる。

「柚、そんなの無理よ。だって……」

「無理か無理じゃないかじゃないよ。大切なのはお姉ちゃんの気持ち。お姉ちゃんが心から幸せになること。それが私の望みだし、お父さんとお母さんだって、きっとそう思ってる」

「でも、恭輔との縁談はどうするの？　一度はそう決めて、明日は結納なのに」

姉は今にも泣き出しそうにそう言うと、力なく顔を覆う。

私はベッドに座った姉の傍らに膝をつくと、両手で姉の手を取った。

子どものように頼りなげな姉の表情に、大切な人を守りたいという気持ちがふつふつと漲ってくる。

「もしお姉ちゃんが私の立場ならどうする？」

「私が……柚の立場……？」

「うん。私に大好きな人ができてその人も私を好きで。でも家のためにどうしても他の人と結婚しなくちゃいけなくなったら、私に好きな人を諦めさせて結婚させる？」

「そんなこと、絶対にさせないわ。私が柚を……」

そう言いかけてハッと口をつぐんだ姉に、私は思わず抱きついていた。

同じなんだと思った。

私も姉も、きっと両親だって、同じくらいの重さで互いを思い合ってる。

「私もお姉ちゃんと同じ気持ちなの。だから……もう自分に嘘をつくのはやめて。私もお父さんもお母さんも、お姉ちゃんに辛い思いをさせたいなんて思ってない。セルジュさんの言う通り、大切に思うことと自分を犠牲にすることは違うと思う」

私の言葉に、姉がまた涙を流した。今度は辛い涙じゃなく、温かな涙だ。

「柚、私、セルジュに会いたい。……彼を愛してるの。彼と一緒にずっと生きていきたい」

「お姉ちゃん……やっと本当のことを言ってくれたね。ふふ、やっぱり頑固だ」

「……柚、ごめんね」

お互い泣いているのが恥ずかしくて、おでことおでこをくっつけて笑い合う。

そして互いに頷き合うと、涙を拭いて手を繋いだ。

「ありがとう、柚。私、今からお父さんたちに話してくるね。やっぱりこのままいなくなるなんて無責任なことはできない。ちゃんと話して、分かってもらって……」

そう言って部屋を出て行こうとする姉を、私は慌てて引き止める。

「ダメだよ。こんな切羽詰まった状況で悲しむお父さんとお母さんを見たら、またお姉ちゃんの決心が揺らいじゃうでしょ？」

「でも、このままじゃ……」

「大丈夫、私に良い考えがあるの」

私はそう言うと、不安げな顔をした姉に微笑んで見せる。

人生始まって以来の絶体絶命な場面でも、姉を守りたいという気持ちが私の心を不思議な力で満たすのだった。

身代わりの結納

都内のラグジュアリーホテル。大安吉日の今日、ここで恭輔さんと姉の結納が行われる予定だ。

姉に代わって振袖の着付けをしてもらうため、私はホテルの美装室を訪れていた。姉の名前で入れた予約だったけれど、初めて使う美装室だから私が姉の身代わりであることを気づく人はいない。

「青木さん、本日はおめでとうございます。それではこれから、お着物を着付けて参りますね」

にこやかに出迎えてくれたスタッフたちは、てきぱきと手際よくヘアメイクと着付けを進めていく。

姉の身代わりになっていることを悟られないよう、私は無言で彼女たちの手に身体を任せる。

私が考えた今後の計画はこうだ。

今日の結納の席には、姉の振袖を着た私が早めに会場入りしてみんなを待つ。

そして一同が揃ったタイミングで、事の顛末を告白して謝罪をするのだ。

突然衝撃の事実を知らされた両親や真田家の人たちはショックを受けるだろうが、彼らにも寝耳に水の出来事なのだから外部にあまり漏れることもなく、混乱はその場に収めることができるだろう。

結果的にみんなを裏切ることになってしまうから、きっと私と姉は信頼を失うことになるが、それも覚悟の上だ。

大切なものを手にするためには、何かを失わねばならない。そんなありきたりな言葉が脳裏を過ぎり、後戻りのできない道を走り出したことに今さらのように気づく。

「少し裄が長いようですから、補正を入れておきますね」

手際のいい年配の女性が、私の身体にずしりとした振袖を沿わせて言った。

姉のために誂えられた振袖は私には少し大きくて、このままだと美しい着付けができないらしい。

肩や胴回りに補正のタオルをたくさん入れてもらって、何とか体裁を整える。

少し着ぶくれした分、髪も逆毛を立ててボリュームを出してもらい、黒地に金糸銀糸の刺繍をした豪華な振袖に負けないよう、メイクもはっきりした色で施してもらう。

仕上げに厚みがある振袖用の草履を履くと、いつもより目線が高くなった。

（うん。この感じ、お姉ちゃんにちょっと近づいてる）

鏡の中に映った自分を確認し、スタッフにお礼を言って美装室を後にした。

約束の時刻にはまだずいぶん時間があったけれど、私は結納の会場となる高層階の料亭へと向かう。時刻は午前十時過ぎ。九時半の便で飛び立った姉は、今どの辺りの空を飛んでいるんだろう。

今朝空港で別れた時、姉は私の目の前でスマートフォンの電源を切った。万が一にも居場所を突き止められてはいけないと、ふたりで相談して決めたことだ。うちの両親はともかく、真田のおじ様は政府の要人だ。その気になればしかるべき筋に手配をかけて携帯の電波を追い、姉の居場所などすぐに突き止めてしまうだろう。もちろんおじ様は不用意に権力を使う人ではない。けれど万が一にもフランスに着くまでに連れ戻されることになっては、取り返しがつかないのだ。

（お姉ちゃん、ちゃんとセルジュさんに会えるかな……）

彼には姉から状況を伝えて空港で待っていてもらう手筈になってはいるが、もしもすれ違いがあったらと、心配でならない。

ふたりが無事に落ち合えばセルジュから私に着信が入る約束になっているけれど、それ以降はしばらく連絡を取り合わないと決めている。

姉は両親には何らかの方法で無事を知らせると言っていたけれど、これからのことを考えると、胸が不安な気持ちでいっぱいになる。

（でも、もうやるしかないんだ）

込み上げる感情を押し込め、私は結納の会場である料亭の入り口へと歩みを進める。

するとすぐに振袖姿の私に気づいた受付の女性が、満面の笑みで声を掛けてくれた。

「青木様ですね。本日はおめでとうございます。お連れ様はまだどなたもいらっしゃっておりませんが、よろしければお部屋でお待ちください」

彼女に案内されて部屋に入ると、私は用意された席の一番下座に身体を落ち着ける。

ちょうど部屋の入り口に背を向ける格好になるから、少しでも気づかれるのを遅らせるためには好都合だ。

（顔さえ隠せば、すぐには私だと分からないはずだよね。そうだ、ハンカチで……）

姉が用意した和装バッグの中から大判のハンカチを取り出し、さりげなく口の辺りを覆う。これで少し俯き加減にしておけば、一見私だと分からないだろう。

正座で背筋をピンと伸ばし、背の高い姉に見えるよう極力座高を高くする。

するとそのタイミングで、背後でスッと襖が開いた気配がした。

「おお、梨花ちゃん、もう来ていたのか。青木たちはまだ来ていないんだな」

「まぁ、綺麗なお着物。帯も華やかねぇ」

真田のおじ様とおば様の声がして、私は早鐘のように鳴り響く心臓を押さえながら軽く頭を下げる。

「今日は梨花ちゃんと恭輔が主役なんだから、そんな端っこじゃなく真ん中に座ってちょうだい」

優しい声で言うおば様に、罪悪感に震えながら消え入りそうな声で「お世話になります」と告げる。

するとおば様は結納の席に緊張していると思ったのか「まぁまぁ、みんな揃ってからにしましょうか」と優しく笑って、同じくにこやかな表情のおじ様と私の斜め前の席に座る。

続いて、さっきから一言も発しないままの恭輔さんが私の正面に座った。

恭輔さんに顔を見られないよう俯いたままやり過ごすけれど、彼の発する強い視線が、視界に入らないにもかかわらず身体中に突き刺さるのを感じる。

(き、恭輔さん、何だかこっちをじっと見ているような気がする……)

俯いてハンカチを顔に当てているからもちろん彼の顔は見えないのだが、彼の方からこちらに向けられる視線には、明らかに何かを強く訴える圧を感じる。

（もしかして気づかれた？）

生きた心地がしないまま、地獄のような時間がゆっくりと過ぎていく。

心臓が激しく鼓動を刻み、息が苦しい。極度の緊張から意識が遠のきかけたところで、また背後で襖が開いた。父と母だ。

両親はいつもより華やいだ様子で、おじ様やおば様と挨拶を交わしている。

「真田、待たせたかな。遅くなってすまん」

「いいや、私たちも今来たところだから。今日は絵に描いたような晴天で、本当に良かったな」

「ああ。若いふたりの門出の日に天候にも恵まれて、まったく縁起がいい」

和やかに笑いながらそれぞれ席に着くと、おば様が何かに気づいたように辺りを見渡した。

「柚ちゃんは？　今日は柚ちゃんも一緒にお祝いできるって、私も主人も楽しみにしてきたのよ。うちは恭輔ひとりきりでしょう？　娘がたくさんできるみたいで、私も嬉しくて」

「そういえば柚花がいないな。梨花、柚花はどうしたんだ。今日はお前と一緒に朝早く家を出てきたんだろう？」

両親、それに真田のおじ様とおば様の視線が一斉にこちらに向けられたのが分かった。

もうこれ以上、隠し通すことはできない。覚悟を決めて思い切って口を開こうとしたところで、正面に座っていた恭輔さんが大仰にため息をつく。

「みんな何を言ってるんだ。柚なら、さっきからそこに座ってるだろ」

「恭輔こそ何を訳の分からんことを言っているんだ。ここには梨花ちゃんしかいないじゃないか」

呆れたように言ったおじ様の向かい側で、顔を上げた私の顔を見た両親の顔色がみるみる青ざめていく。

来るべき時が来たことを察し、私はハンカチをテーブルの上に置いて真っ直ぐに一同を見渡した。

「柚……柚花、どうしてお前がそんな恰好で……。梨花は、梨花はどうしたんだっ」

動転した父の顔が、今度は赤く染まっていく。

(お父さん、すごく怒ってる。当たり前か……)

父の剣幕に圧されて黙っていると、おじ様の隣に座っていたおば様が、しげしげと私の顔を見ながら頷いた。

「……柚ちゃん？　あらまぁ、本当に柚ちゃんだわ。いつもは可愛らしいけれど、今日はずいぶん大人っぽいこと」

動揺する両親、驚く真田のおじ様の横で、おば様だけがくすくすと笑っている。

小さい頃から思っていたけれど、どんなに深刻な場面でもおば様がいるとどこか優しい、柔らかな空気が保たれる。さすがは重責を担う国会議員の奥様だ。

微かな救いに縋りながら、私は座布団を外して畳に手をついた。

「恭輔さん、それに皆さんも申し訳ありません。今日、姉はこちらには来られなくなりました。このたびの縁談も、お受けできないと申しております」

私の言葉に、おじ様たちは驚きのあまり押し黙り、両親は青ざめ絶句している。

恭輔さんはそんな親たちにちらりと視線を向けると、一分の揺らぎもなく真っ直ぐに私を見つめた。

「柚、これはいったいどういうことだ。簡潔に説明してくれ」

「はい。姉はもう、私たちの元にはいません。大切な人と一生を共にするために旅立ちました」

「梨花には、他に好き合った男がいたということか」

「はい。申し訳ありません」

恭輔さんの言葉に私がまた深く頭を下げると、ようやく我に返った両親が弾かれたように私の側に駆け寄った。

「柚花っ、これはいったいどういうことだっ」

「柚、梨花はどこにいるの？　ちゃんと答えなさいっ」

両親は私の腕を掴んで強い口調で問いただしたが、私が何も言わないことを悟ると今度はおじ様たちに向かって正座し、畳に頭を擦りつける。

「娘の不始末、どうか、どうか許してくれっ……」

「申し訳ございません……申し訳ございません……！」

涙声で許しを乞い、なりふり構わず土下座を続ける両親に、私の目にも涙が溢れる。

両親の顔を潰し、真田家との長年の信頼関係にも傷をつけてしまった。

どうしようもない状況に為す術もなく、私はただ彼らに向かって頭を下げる。

「恭輔さん、おじ様、おば様、本当にごめんなさい。お姉ちゃん……姉は直前まで今日ここへ伺うつもりでいました。私が強引に行かせたんです。姉の大切な人が待つところへ」

両親の横で畳に額をつけ、いつの間にか私も泣いていた。

姉のためとはいえ、何の咎もない恭輔さんやおじ様やおば様に酷い仕打ちをてしまった。途方もなく理不尽な目に遭わせてしまったことが申し訳なく、もっといい方法はなかったのかと、今さらながら後悔の念が胸を満たす。

「柚、顔を上げて」

不意に耳元で低い声が聞こえて、ハッとして顔を上げた。

するとほんのすぐ側に恭輔さんの顔が見えて、思わず息が止まる。

いつも冷静な整った顔立ちに労わるような優しさが感じられて、それが却って切なく、胸が締め付けられる。

「青木、それに瞳子《とうこ》さんも、とにかく顔を上げてくれ」

両親の側にも真田のおじ様とおば様が、まるで身体を抱きかかえるように寄り添っている。

真田家の深い優しさに安堵すると共に、自分のしたことの大きさが、また新たに重く圧し掛かった。

(私……大変なことをしてしまったんだ)

愛する人の元へ姉を行かせたことに後悔はない。姉を犠牲にして得る幸せなど、本物ではない。

けれど憔悴しきった両親の顔を見つめるうち、胸が苦しくて息ができなくなった。

両親、それに恭輔さんや真田のおじ様たちに私はこれからどう償えばいいのだろう。悲しくて、苦しくて。頭の中が混乱して、もう何も考えられなくなった。

「柚？」

ぼんやりと視界に入った、私を見る恭輔さんの顔色が変わった。さっきまで緩んでいた黒い瞳が細められ、長い指が私の腕を掴む。

（恭輔さん……）

強い光を帯びた漆黒の眼差しが私を捉え、こんな時だというのに思わず見惚れてしまう。

「柚？　どうした？　しっかりしろ」

恭輔さんの力強い腕が私を抱く。体温を失った指先が、大きな温かい手で包み込まれる。彼の胸に顔を埋めたまま、私は薄れていく意識を手放していった。

誰かが、私の身体を包み込んでいる。

逞しい腕が私の身体を抱き、温かな体温が頬に触れている。

鼻先に微かに感じる、くらりとしてしまいそうな官能的な香り。

これはムスク？

微かに身じろぎすると、耳元で「柚」と名前を呼ばれた。

ハッとして目を開けると、目の前にはワイシャツの襟と逞しい喉仏が迫っている。

気づけば私は恭輔さんに抱きしめられるような格好で、胡坐をかいた彼の膝の上に乗せられていた。

「あ、あ、わ……」

あまりに刺激的な状況に頭が上手く働かない。それに部屋にはさっきまで一緒にいたはずの両親や、真田のおじ様たちの姿も見当たらない。

ふたりきりの部屋で恭輔さんと密着している状況に動揺し、心臓がバクバクと鼓動を速めていく。

慌てて身体を起こそうとすると、頭がふらつくような眩暈が私を襲った。

ぐらりと揺れた身体を、恭輔さんが慌てたように支えてくれる。

「こら、急に動くな」

「あの、私……」

「過呼吸で倒れたんだ。たまたまホテルに宿泊していたドクターに診てもらえて心配ないと言われたが、もう少し休んだ方がいい」

恭輔さんはそう言うと、ほんの近い距離から私を見下ろした。

濡れたように艶やかな漆黒の髪と瞳。きめ細やかな造りをした端正な顔立ちは品よく知的でありながら、どこか猛々しい情熱を秘めている。

油断すればあっという間に心を奪われてしまう彼の危うい魅力は、遠いあの日、壇上で彼に抱かれたあの時と、まるで変わらない。

「気分は？」

「あの……頭がちょっとふわふわするけど、もう大丈夫です」

そう言って彼の手から逃れようとするも、振袖と豪華に結ばれた袋帯で上手く身動きが取れない。

しばらくじたばたもがいてみたものの、また敢えなく腕の中に捕えられてしまう。

「じっとしてろと言っているだろう。この上柚にまでもしものことがあったら、おじさんとおばさんにどう詫びればいいか分からない、それに、うちの母親だって黙っちゃいない。うちには娘がいないから、昔から青木家の姉妹に甘々だからな」

恭輔さんは私の身体をしっかりと抱いたまま、耳元でクスリと笑みを漏らした。

その湿度の高い吐息に、訳も分からず頬が赤くなる。心拍数も体温も、意思とは裏腹にどんどん高くなっていく。

（やだ、どうしてこんなにドキドキしてるの？）

頬は明らかに赤く火照り、耳までもが燃えるように熱い。怪しいほどに動揺していることを気づかれたくなくて、私は平静を装って口を開いた。

「あ……あの、両親やおじ様たちはどこにいるんですか」

「ひとまず家に帰ってもらった。みんな何かと、動揺が激しそうだったからな」

恭輔さんは天井を仰ぐように呟き、フッと短い息を漏らす。

どこか自嘲的な恭輔さんの口調に、否応なしに自分の無謀な行動が脳裏に浮かび上がった。みんなに与えた打撃を実感し、高揚していた気持ちがすっと冷めていく。

(お父さんたちも恭輔さんも、みんな困ってる。当たり前だ。あんなことしたんだもん……)

姉に成りすまして結納の席に出るなんて、よくよく考えれば正気の沙汰ではない。けれどやっぱり、姉自身が両親や恭輔さんたちに本当の気持ちを伝えることなんてできなかったと、強く思う。

誰よりも優しく責任感のある姉は、きっと自分の想いより周囲の望みを優先して意に沿わない結婚を受け入れてしまっただろう。

今までだってずっとそうだった。だから今回のことは、一途な姉の恋を守るために今の私にできた唯一の選択。自分がどんな咎を受けようと後悔はない。でも……。

「恭輔さん」

「何だ」

「……ごめんなさい」

私のしたことは、きっと誰より恭輔さんの立場を傷つけた。

恭輔さんの気持ちもプライドも、めちゃくちゃに踏みにじってしまったのだ。

真田のおじ様は内閣最大与党の代表を務める、現職の国会議員。

恭輔さんはそんなおじ様のひとり息子だ。

父方の曽祖父に内閣総理大臣を、母方の血筋にも数多くの大臣経験者を持つ恭輔さんは、最近では父親に続いて出馬も熱望されている、誰もが認める政界のサラブレッド。そんな彼が結納当日に花嫁に逃げられたなんてことが世間に知れたら、口さがない人たちの格好の餌食だろう。

それにこんなスキャンダルが公になれば、将来彼にとってどんな禍の種になるか分からない。姉を逃がしたい一心で起こした私の無謀な行動が、どれほど彼を危険に晒したかを実感し、心がずしりと重くなる。

すると恭輔さんは少しの憂いも感じさせない、澄んだ眼差しを私に向けて言った。

「柚が謝ることじゃない。梨花をこんなに追い詰めてしまったことには、俺にだって責任がある」

「恭輔さん……」

「梨花とは物心つく前から一緒にいたから、まるで双子の兄妹みたいな関係だったんだ。高校で留学するまで学校も同じで、何かというとふたり一緒にいさせられて」

恭輔さんは遠い記憶を辿るように表情を緩めると、穏やかな声で続けた。

「自分で言うのも何だけど俺は器用なタイプだったし、父親の看板もあったからちょっと目立ってたんだろうな。評価してくれる人たちだけじゃなく、あからさまに足を引っ張るやつらもたくさんいて。そいつらが何かを仕掛けてくるたび、梨花はまるで自分のことみたいに必死になって一緒に戦ってくれた。あいつ、子どもの頃は喧嘩も結構強くてさ。大人になるにつれ周りが俺たちに求めていることも自覚するようになったけど、本当に兄妹みたいだったから、お互い恋愛感情なんて欠片もなくて……」

恭輔さんは言葉を切ると、フッと短く息を吐いた。その切なげな眼差しに、私の胸もぎゅっと苦しくなる。

「だから今回の話が出た時、改めて梨花に言ったんだ。こんな茶番、真に受ける必要はない。梨花は梨花の思うように生きればいいんだってね。でも梨花は何も答えなかった。答える代わりに、笑ったんだ」

恭輔さんはそう言って、切れ長の黒い瞳を苦しげに細めた。

何も答えられず、私はただ黙って彼を見つめる。

「梨花が逃げないなら、俺もこの家に生まれた宿命を受け入れようと覚悟を決めた。それが梨花やおじさんたちに対する誠意だって、勝手に思い込んでいたんだ。だけど俺なりに葛藤もあって……自分の感情を誤魔化すことに必死で、梨花に好きな男がいたなんてまるで気づいてもやれなかった。……きっと、ずっとひとりで苦しんでいたんだろう。本当に自分の愚かさが情けないよ」

恭輔さんは吐き出すように言うと、深く眉根を寄せて顔を背けた。

こんな状況でも姉を気遣ってくれる優しさが心に沁みる。それにどこか頼りなげに感じる横顔が切なくて、私は思わず彼のスーツの胸の辺りに手を触れた。

「恭輔さん、姉を……私たちを許してください」

「許しを乞うのは俺の方だ。梨花にも……それに柚にも、嫌な思いをさせてすまなかった」

「いいえ。こんな乱暴なやり方は、やっぱり許されることではありません。本当に申し訳ありません」

改めて彼に向かって頭を下げると、微かに笑みを漏らした恭輔さんが、手のひらをぽんぽんと私の頭に乗せた。

優しい温もりが伝わり、張り詰めていた気持ちがホッと途切れる。

「礼を言うのはこっちの方だ。柚、ありがとう。俺はもう少しで取り返しのつかない過ちを犯すところだった。この結婚を強行していたら、きっと梨花の心は壊れてしまっただろう。自由奔放なようでいて、梨花は繊細で人の気持ちに敏感だ。だからきっと、自分の想いより周りが幸せになる方が大切だと考えていたに違いない。俺だって縛られていた。自分の感情より、周囲の期待通りに生きなくてはならないと思い込んでいたんだ。でも、そういうのを全部、柚が解き放ってくれたんだな」

「えっ、わ、私、何もしていません」

「……いいや。どうせ今日だって、柚が梨花をせっついたんだろう？　梨花にはできない。きっと、俺にも」

恭輔さんはそう言うと胸に添えられた私の手首を握って、すっと身体から離した。

そして私の指先に長い指を滑らせ、深く絡ませる。

ハッとして見上げると、さっきまでとはまるで違う、射るような視線が私を捉えていた。

「でも今日の柚については、改めて確認したいことがたくさんあるな」

恭輔さんはそう言うと、絡めた指に力を込める。

これまで折々の機会に彼とは何度も顔を合わせていたけれど、こんなに至近距離で見つめられたのは、花束を渡したあの日以来、初めてのことだ。

幼い頃から見てきた姿とはまるで違う、野生動物のような危うい眼差しを向ける彼に、胸が詰まって動けなくなった。

しかも私は、まだ彼の膝の上に乗せられた状態のままだ。どう取り繕っても漂う緊迫した空気に、緊張で息をすることもままならなくなってしまう。

触れてはいけない、越えてはいけない一線を保っていた心が、彼の眼差しひとつで風に弄ばれる花のように頼りなく揺れる。

「柚が今日そんな恰好でここへ来たってことは、梨花の代わりに自分が俺の嫁になる覚悟だって、そう受け取っていい？」

「あ、あの、私……」

そんなつもりはもちろんない。ただ、姉を逃がすことで頭がいっぱいだったのだ。

けれど恭輔さんは、黒くとろみのある眼差しでさらに私を見据える。

「俺は……嬉しかったけどな。すべてを飲み込む覚悟を決めた日に、目の前に振袖姿の柚がいて……最初は夢かと思った」

「えっ……」

「だからこれは運命なんだ」

恭輔さんはそう呟くと、不意に真剣な表情を浮かべた。

「いつもはふわふわした砂糖菓子なのに、今日は卑怯なくらい綺麗で艶やかだ。まるで生まれたばかりの蝶みたいに魅力的で、触れることすら怖くて……正直、みっともないくらい焦ってるよ」

彼の眼差しが強い光を帯び、まるで私を追い立てるように煌めいている。

今にも零れ落ちそうなときめきと、全身を駆け巡る焦燥感。

早鐘のように打ち震える心臓が壊れてしまいそうで、私は思わず彼から目を逸らす。

すると今度は、長い指先でやすやすと顎を捕われてしまった。

品よく礼儀正しい姿しか知らない彼の思いもよらない強引な振る舞いに、くらりと眩暈に似た感覚が私を襲う。

恭輔さんはくったりと力が抜けた私を濡れた瞳で見つめると、絡めた指先を引き寄せてそっと唇を寄せた。

あまりの出来事に、もう息をすることも忘れてしまう。

「柚、改めて俺とのこと——俺と関係を深めていくことを考えて欲しい。つまり——君が俺の妻になることを」

衝撃的な彼の発言に、私は瞬きも忘れてとろみのある黒い瞳を見つめる。

彼から流れる密やかな激情。その得体の知れない青い炎が怖いのに、恐れれば恐れるほど目が離せない。

このままずっと、彼を見ていたい。

こんな状況だというのに、私はどうしようもなく彼に見惚れる外ないのだった。

もう容赦しない

身代わりの結納の後、我が家では混乱の時間が続いた。

何故こんな途方もない馬鹿な真似をしたのか、何故自分たちに相談しなかったのかと、両親の怒りと失望は簡単には収まらなかった。

姉に駆け落ちするほどの恋人がいたことや、黙って自分たちの前から姿を消したことなど、両親には簡単に受け入れられないことばかりだったのだろう。

当然ながら父母は私に詳しい事情を説明するよう迫ったが、どれだけ問いただされても私は『良く分からない』を繰り返すことしかできなかった。

実際、姉の恋人についての詳しい事情は、私にも分からないのだ。

知っているのは彼がフランス人だということと、彼の実家がブルゴーニュで小さなワイナリーを営んでいるということだけだった。

姉が日本を出発した翌日、携帯に見覚えのない番号からの着信があったけれど、それ以降は約束通り連絡を絶っている。

娘を心配して打ちひしがれる両親を見るのは辛かったけれど、せっかく愛する人の元へ行くことができた姉が連れ戻されるような事態だけは、避けねばならない。

頑なに口をつぐむ私の態度に両親は辟易していたが、最後には渋々しばらく様子を見るということで落ち着いた。

両親にとっては到底納得できる話ではないだろうが、とにかく姉が自分の意志で姿を消したことは理解したのだろう。


まるで嵐のような週末を終えて明けた月曜日、私はいつものように勤務先である父の会社に出社した。

父が社長を務める『青木製作所』は、主に病院向けの医療器具を扱う精密機械メーカーだ。社員百人ほどの地場産業だけれど、ものづくりにこだわる創業者の理念を受け継いで研究開発に重きを置き、今では大企業にも負けない信頼を顧客から得ている。

私はこの春大学を卒業し、青木製作所に入社した。配属は経理部。まだ七か月ほどしか経っていない、一人前とは言えない新入社員だ。

「あ、柚花ちゃん、おはよう」

所属する部署が入っているフロアに入ると、すでに出社していた愛奈《あいな》さんが極上の笑顔で振り返った。

綺麗に巻かれた髪と細い七センチヒールがトレードマークの彼女は父の妹の娘で、私にとっては従姉妹にあたる。私より三つ年上の二十六歳。秘書室に所属していて、彼女の父親である尾藤《びとう》和彦《かずひこ》専務の秘書を務めている。

年齢的にはちょうど私と姉の間にあたる彼女は、私や姉とは違う扇情的な雰囲気を持つ妖艶な美人だ。研究職や技術職が多いこの会社にはあまりいないタイプだから、結果的にとても目立つ。

愛奈さんは何かを含んだような笑みを浮かべながら、足早にこちらに近づいてきた。

「ねぇねぇ柚花ちゃん、一昨日は大変だったんだって？　……梨花ちゃん、行方不明なんだってね」

愛奈さんはわざとらしく眉を顰めながら、深刻そうに声を潜める。

(愛奈さん、もうお姉ちゃんのことを知ってるんだ……)

以前から姉と真田家との縁談に並々ならぬ興味を示していた尾藤親子のことだから、きっと父に根掘り葉掘り聞いたのだろう。

父がどこまで話したのかは分からないが、愛奈さんの顔には見るからに好奇の色が浮かんでいて、とても姉を心配しているようには見えない。

ひやりと冷たくなる心を隠しながら、私は軽く会釈を返して自分の席に座る。

すると愛奈さんは、纏わりつくように私を追って隣の空席に腰を下ろした。

「ねぇ、柚花ちゃん。梨花ちゃんがどこにいるか本当に知らないの？　でも結納の当日に失踪ってことは、もう恭輔さんと梨花ちゃんとの縁談は破談なんだよね？」

私が淡々と就業の準備を始めても、彼女はお構いなしにしゃべり続けている。

昔から、彼女と私たち姉妹はどうも馬が合わなかった。

彼女とは選ぶ服や持ち物、旅行の行き先すらまるで違う。

私や姉はシンプルでトラディショナルな装いが好きだが、彼女が身に着けているのはいつもその豊満なスタイルを強調させるきわどいハイブランドのワンピースだ。

それに芸術や音楽を好む両親に影響されてヨーロッパに興味を持つ私たちとは異なり、彼女が赴くのは華やかで開放的なハワイなどのリゾート地だった。

幼い頃は多少の交流はあった気がするが、物心ついてからはお盆やお正月以外、私たちが彼女と行動を共にすることはまるでない。

もっとも彼女は叔母と再婚した叔父の連れ子で血の繋がりはないから、共通点がないのも仕方ないことなのかもしれないけれど。

「梨花ちゃんがいなくなったってことは、恭輔さんのお嫁さん候補はまた一から選び直しってことよね？　それじゃ、今からまた争奪戦じゃない。私にだってチャンスは十分ある。相手が梨花ちゃんだから諦めていたけど、私だって後援会長の姪ですもの。あぁ、なんてラッキーなの」

愛奈さんはうっとりしたように言うと、ちらりと私を見やった。

「梨花ちゃんって、誰か他に好きな人がいたんじゃないの？　だってあの責任感の強い完璧主義の梨花ちゃんが、家族にこんな迷惑を掛けていなくなるなんて普通じゃ考えられない。……ねぇ、柚花ちゃんは知ってるんじゃないの？　あなたたち、すっごく仲良しの姉妹だものね」

愛奈さんはそう言うと、何かを探るようにじっとりと私を見つめる。その油断のならない狡猾な視線に、心臓がどきりと大きな音を立てた。

愛奈さんは癖のある性格だけど、とても頭が良い女性だ。だから自分以上に完璧な姉のことが、昔から煙たかったのだろう。親戚が集まる冠婚葬祭の席でも愛奈さんが姉に近寄ることはなかったが、一番年下の目立たない私には、大人たちの目の届かないところでことあるごとに嫌がらせを仕掛けてきた。

亡くなった祖母が海外旅行のお土産に買ってきてくれた絵本を破いたり、華やかな伝統刺繍のスカーフにわざと飲み物をこぼしたり。

そのたび姉が『私のを一緒に使おう』ととりなしてくれたが、大切なものを汚された悲しい記憶は、今でもちくりと胸に鈍い痛みを思い出させる。

それにこうして姉がいなくなったことで、彼女の悪意が急にあからさまになった気がする。姉がいなくなってラッキーだなんて、あまりにも酷すぎる発言だ。

（でも、もうお姉ちゃんはいないんだ。……私がしっかりしなきゃ）

姉のことは誰にも秘密だが、この厄介な従姉妹には特に注意しなくてはならない。

私はきゅっと表情を引き締めると、立ち上げたPCから目を離して顔を上げた。

そして精一杯の笑顔を浮かべながら、真っ直ぐ愛奈さんに視線を返す。

「色々と気に掛けてもらってありがとうございます。愛奈さんの言う通り、姉はしっかりしているから、たぶん大丈夫だと思います。縁談のことは……どうなるか私には分かりません」

はっきりした口調で言い放つ私に、愛奈さんは分かりやすく不機嫌な表情を浮かべた。そしてツンと顎を上げて、尊大に言う。

「ずいぶん他人行儀な言い草ね。せっかく心配してあげているのに。ま、縁談のことは、どう転がっても柚花ちゃんには関係のないことだもん。関心がないのも当然かもしれないわね」

棘のある口調でそう言い放つと、愛奈さんはこれ以上話しても無駄と言わんばかりに、ふいっと顔を背けて行ってしまう。

私は大きく深呼吸をすると、脳裏に浮かぶ様々なことを振り払って業務に集中した。

やるべきことを終えて定時を迎えると、手早く帰り支度をしてエレベーターホールに向かった。ちょうど止まった階下へ向かうエレベーターに、急ぎ足で飛び乗る。

（良かった。愛奈さんと一緒にならずに済んだ……）

今日は一日、何かと私に話しかけようとする彼女をやり過ごすのに骨が折れた。

さっきも帰り支度を始めた私に気づいて急いでPCの電源を落としていたから、追いつかれないよう急いでオフィスを出たのだ。

一階のエントランスにエレベーターが到着すると、小走りで自動扉をくぐって駅へと向かう。するとほどなく、背後から声を掛けられた。

「柚！」

名前を呼ばれて振り返ると、路肩に停まったスタイリッシュな濃紺のセダンから恭輔さんが降りてくるのが目に入る。

「恭輔さん⁉」

驚いて駆け寄ると、恭輔さんは優しい笑顔を浮かべて片手を上げる。

仕事帰りなのか、恭輔さんは濃紺のビジネススーツに白いシャツ、ブルー系のレジメンタルタイを結んだ姿だ。けれどそのシンプルさが却って彼が持つ独特のオーラを際立たせ、ちょうど仕事を終えて帰路につく女性たちの熱っぽい視線が集中している。

ただ車から降りて立っているだけなのに、まるで彼の周りだけが鮮やかな色彩を放っているような目立ちぶりだ。

「こんにちは。あの……こんなところで、どうなさったんですか」

突然現れた彼に戸惑いが隠せない。週末の大騒動があってから、両家ではまだ何の話し合いもできていないのだ。父も母も混乱の中にいて今後のことはまだ考えられそうにないが、反古にした結納については早々にけじめを付けねばならない。

愛奈さんが言った通り、姉の代わりになりたい人はいくらでもいる。

それに……あの日恭輔さんに告げられた突然の告白が、ずっと頭から離れない。

――改めて俺とのこと――俺と関係を深めていくことを考えて欲しい。つまり――君が俺の妻になることを――

ぐるぐると何度も考えてみたけれど、私は恭輔さんが言ったことをまだ理解できていない。まさか私を姉の身代わりにするということ？　でもそんなの、あまりにも突然で乱暴だ。

「柚を待ってたんだ」

戸惑う私とは対照的に、恭輔さんの艶やかな笑顔が私の目を奪う。私を見つめる瞳がいつにも増して黒々と輝き、胸の鼓動が否応なしに高鳴ってしまう。

「柚、もう帰るんだろう？　まずは食事しよう。……乗って」

甘く緩む漆黒の瞳。助手席の扉を開くスマートなエスコートに抗うこともできず、私は引き寄せられるように車のシートに身体を滑り込ませた。


恭輔さんが連れて行ってくれたのは、高層ホテルの最上階にあるフレンチ・レストランだった。受付で恭輔さんが名前を告げると、予約してあったのか係りの女性が豪奢な内装の店内を進んで、窓際の特等席に案内してくれる。

艶やかな硝子戸の向こうでは、夜の帳を下ろし始めた都心の空が、赤紫から群青へと鮮やかに色を変えていく真っ最中だ。

自然が織りなす美しい色彩に、私は言葉なく、ただ見惚れる。

やがて日が落ちテーブルにろうそくが灯ると、恭輔さんと私はようやく正面から向き合った。

「恭輔さん、あの……今日はどんなご用でしょうか」

結納の日の、私の無礼への抗議だろうか。

戸惑うように見つめる私に、彼は少し悪戯っぽく笑った。

「まずはお互いを知るための時間だ。それには、美味しいものを一緒に食べるのが一番だろう?」

「でも、こんな高価なお店……」

「今は何も考えなくていい。せっかくこんな特等席が取れたんだ。一緒に食事を楽しもう」

恭輔さんの笑顔に押し切られ、私は黙って彼に頷く。

やがて宝石のように彩られたお皿が、次々に運ばれてきた。

喉ごしの爽やかなスパークリングの食前酒を終えたら、アミューズからメイン、デセールに至るまで、目にも舌にも美味しい芸術的な料理が続いていく。

食事中、恭輔さんは姉のことにも、結納のことにもまるで触れなかった。

代わりに互いの好きな映画や本のこと、それに懐かしい思い出話など、途切れなく心地いい会話を提供してくれる。

ユーモアと機知に富んだ彼の会話に、私の心も知らず知らずの間に弾んでしまう。

憧れの人との夢のような時間。楽しいひとときはあっという間に過ぎ、たっぷりと時間を掛けた食事を終えて最後のコーヒーが出てくる頃には、もう夜も更けていた。

お腹もいっぱいになり、これ以上ない満ち足りた気分で幸せの余韻に包まれていると、恭輔さんが穏やかな表情で口を開く。

「遅くなったな。柚、そろそろ行こうか」

「はい。あの……今日はありがとうございました。私、すごく楽しかったです」

「俺の方こそ、来てくれてありがとう。実はちょっと強引すぎたかなって、心配だった」

そう言ってクスリと笑みを漏らす恭輔さんに、思わず胸がキュンとしてしまう。

(本当に楽しかった……何だか夢を見ているみたい)

もう少しだけ夢の続きを見ていたくて、私はわざと明るい笑顔を浮かべる。

「あの、でもここ、すごく夜景が素敵なお店ですよね。私、あまりこういう場所に来たことがなかったから、すごく感激しました。何だか、最上級のデートって感じで。

恭輔さんは良くここへは……」

深い考えもなくすらすらと言葉を口にしたところで、ふとある想いが胸を過ぎって、言葉が途切れる。

(恭輔さんとお姉ちゃんも、こんな時間を過ごしていたんだろうか……)

日常から離れた特別な場所。結納を交わすはずだったふたりなら、私と来るよりずっと相応しい。

脳裏に恭輔さんと姉の美しすぎるツーショットが浮かび、何故か胸が苦しくなって思わず唇を噛みしめる。

すると恭輔さんはさっきまでとはまるで違う、真剣な眼差しで言った。

「父のお供で政治家の先生と会食したことはあるけど、女性とふたりでここへ来たのは柚が初めてだ。もちろん、梨花とも来たことはない。というか、梨花とはふたりきりで食事をしたことなんて、本当に一度もない」

「恭輔さん……」

「あいつとは男友達みたいな感じだったからな。いつか本人と連絡がついたら確認してくれ。柚にそういう誤解をされるのが、一番困る」

恭輔さんはそう言い放つと、長い腕を素早く伸ばしてテーブルの上に置かれた私の手を包み込んだ。驚いて手を引いたけれど、逆にさらに強く引き寄せられてしまう。

戸惑う私を瞳で絡め取りながら、恭輔さんが低い声で言った。

「柚、この前言ったこと、俺は本気だから」

「えっ」

「君を俺の妻にするってこと。だからこれは俺の最初の一手だ。君を落とすためのね」

私を見る彼の、瞳の温度が変わった。

混じりけのない黒。その艶やかな黒い瞳の奥に、ちらちらと仄暗い炎が見え隠れする。

逸らすことも抗うことも許さない情熱が、触れ合った指先から私の中に一気に流れ込んだ。

「柚、ちゃんと俺を見てくれ」

ゆらゆらとたゆたう彼の瞳の炎が、私だけに向けられている。

その熱に、私の心はただ焦がされていく外ないのだった。


それから毎日、オフィスの近くで恭輔さんが待っていた。

時にはスイーツ、時には花束を腕に抱え、長い脚を組んでボンネットに凭れる恭輔さんは、私を見つけると極上の笑顔を浮かべて手を差し伸べる。

愛奈さんに気づかれはしないかと心配だったけれど、オフィスで剣呑な視線を向けられることはあっても、彼女から恭輔さんとのことをとやかく言われることはなかった。オフィスから少し離れた場所だったから、彼女にも気づかれなかったのだろう。

今日は週末の金曜日。月曜日から始まった恭輔さんとのデートは、ある日はショッピング、またある日はボーリングや映画など、広く多岐にわたっていた。

そのどれもが女の子なら誰だって憧れるシチュエーションで、何もかもが初体験の私は、たやすく彼の術中に嵌まってしまう。

今日も最近オープンしたばかりの水族館で幻想的な時間を過ごし、ハワイで人気の日本に上陸したばかりのハンバーガーショップでお腹を満たした後は、帰宅がてら高速道路でドライブを楽しんだ。

美しくライトアップされた大きな橋を渡ってロマンティックな時間を過ごし、いつも通り十時を少し過ぎた時刻に家まで送ってもらう。

といっても、送ってもらうのはいつも自宅から五十メートルほど離れた公園だ。

こうして恭輔さんとふたりきりで会っていることはまだ両親に話せていないから、当たり前のように家の前まで送ってもらうことはためらわれた。

恭輔さんはいつものように公園の横に車を停め、私を見送るために車から降りた。

ふたり向き合い、笑顔で見つめ合う。

「恭輔さん、今日はありがとうございました」

「こちらこそありがとう。柚、今日もとても楽しかった」

「はい。私も楽しかったです」

最初こそ戸惑ったけれど彼と過ごす時間は楽しくて、本当にあっという間に時が過ぎてしまう。こうしてお別れの時間が来てしまうことが最近では少し寂しい。

「それじゃ、私、帰りますね。恭輔さん、おやすみなさい」

優しい笑顔を浮かべる彼に頭を下げ、そのまま家に向かおうとすると、「ちょっと待って」と腕を取られる。

振り返ると、いつになく真剣な顔をした恭輔さんが私を見つめていた。

「柚、ちょっと頼みたいことがあるんだが、いいか？」

「はい。あの……どうしたんですか」

「明日、一緒に行って欲しい場所があるんだ」

恭輔さんはそう言うと、少し切なげに睫毛を伏せる。

いつも溢れんばかりの自信に満ちた彼の、見慣れない表情に心が揺さぶられる。

遠い日、初めて私に見せた少年のような横顔が重なり、私の胸もキュンと疼いた。

「あの……私で良ければ、喜んで」

「ありがとう。じゃ、ここに迎えに来る。朝十時で良い？」

「はい。分かりました」

そう返事をすると、彼の顔に笑みが灯る。ずっと見ていたい、憧れの人の笑顔。何度も振り返りながら、私は家路を辿った。


翌朝、私は手早く支度を整え、弾む足取りで階段を下りて玄関へ向かった。すると気配に気づいた母が、待ち構えたように玄関口まで追いかけてくる。

「柚花、今日も出かけるの？　あなた、今週ずっと出かけてばかりなのね」

母は咎めるように私を見つめると、フッとため息を漏らす。

「少しは家で大人しくしてちょうだい。それでなくても梨花のことで、お父さんもお母さんも気が休まらないいんだから」

「ごめんなさい。今日は早く帰って、家でご飯を食べるから」

「もう。約束よ。あんまり遅くならないで」

お小言を言う母に見送られながら玄関を出ると、私は公園への道を急ぐ。

「柚！　おはよう」

「おはようございます！」

約束の場所に着くと、恭輔さんがすでに車を停めて待っていてくれた。

恭輔さんにエスコートされて助手席に乗り込むと、車は軽やかに街路を進む。

今日の恭輔さんはざっくりとしたグレーのニットに、黒いパンツを合わせたカジュアルな姿だ。いつもはきちんとセットされている前髪が無造作に下ろされていて、何だかずっと若く見える。

大人になってからはスーツ姿しか見たことがなかったから、私服姿の彼を見たのは本当に久しぶり。

いつもは落ち着いた大人の男性の威厳が漂っているけれど、今日の彼には透き通るような少年の面影が感じられて、さっきからドキドキが止まらない。

（どうしよう。何だか緊張する……）

セーターから覗く長い指も、運転席でハンドルを切る端正な横顔も、堪らなく私の心を落ち着かなくさせる。

いつになく憂いに満ちた彼の表情に魅せられ、彼から目が離せない。それに今日の彼からは、平日には感じなかったムスクの香りがほのかに漂っている。

くらりとしてしまいそうな香りは、身代わりになった結納の日に彼の胸の中で感じたのと同じものだ。

彼と危うく触れ合った記憶が身体の隅々まで広がり、眩暈がするほどのときめきが鮮やかに再生される。

「柚、どうした。酔ったのか」

黙り込んだ私に気づいた恭輔さんが心配げに視線を向けた。慌てて顔を上げ、微笑みを返す。

「大丈夫です。でも、少しだけ窓を開けていいですか」

ボタンをスライドさせて風を呼び込み、髪を靡かせながら私は小さな息を吐く。たやすく酔わされてしまうのは、きっともう後戻りできないほど心奪われてしまったから。

彼に堕ちていく甘く狂おしい予感に、私の心はどうしようもなく疼くのだった。


小一時間ほど高速を走ると、車は市街地へ入った。

高台へ続く坂道を進んで何度か角を曲がり、やがて古く立派な門扉へと辿りつく。インターフォンを押して鉄製の大きな扉を電動で開けてもらい、さらに坂道を上って建物の前でくると、車が静かに停まった。

「ここは……」

「母の実家だ。今はもう誰も住んでいないが、人に頼んで管理してもらっている」

建物は重厚な洋館で、古く歴史を感じさせながらも、あちらこちらに丁寧な修理の跡が窺える。

まるで童話に出てくるような景色に見惚れていると、運転席を降りた恭輔さんがスマートな仕草で助手席のドアを開け、手を差し伸べてくれた。彼の手に掴まって外に出ると、同じタイミングで玄関から優しそうな初老の女性が現れる。

「ぼっちゃま、お連れ様もいらっしゃいませ。お言いつけ通り、準備はできております」

「ありがとうございます。……柚、おいで」

恭輔さんは女性に笑顔を返すと家には入らず、私の手を引いて建物の裏手に続く坂道を上っていく。

なだらかな勾配を少し進んで角を曲がると、正面に六角形の優美な建物が佇んでいるのが目に入った。透明な硝子で覆われた美しい姿に、自然に目が奪われる。

(これは……温室?)

幾重にも組まれた白い鉄骨に硝子がはめ込まれた、円形の優美なデザイン。ひと目で古いものだと分かるけれど、細かい部分までよく手入れされていてどこも美しく保たれている。

「柚、どうぞ」

恭輔さんに恭しく誘われて足を踏み入れると、外は冬の訪れを感じさせる季節なのに肌にふわりと優しい温かさが触れた。それに、まるで楽園を思わせる溢れんばかりの花々の鮮やかな色彩が目に飛び込んでくる。

「わぁっ……」

背の高い緑、そこここに咲き乱れる赤や黄色の花々。

十字に設えられた薔薇の通路の真ん中にはテーブルセットが置かれ、白いクロスが掛けられたテーブルには、ティーセットとお菓子が可愛らしく並べられている。

「柚、ここに座って」

恭輔さんはふたつ並んだ椅子の片方に私を座らせると、もう片方の椅子をすぐ側に引き寄せ、自分も腰を下ろした。

肩が触れ合うほどの距離に彼を感じて、甘いときめきが胸を満たしていく。

彼の背後には、ベビーピンクの薔薇の蕾が今すぐにでも大輪の花を咲かせそうに綻んでいる。見上げれば温室の白い格子の向こうにくっきりと青空が広がり、思わずほうっとため息をついてしまうほどの美しさだ。

私の横では恭輔さんがあらかじめ用意してあったティーポットから、カップに香りの良い紅茶を注いでいる。何もかもが心地よく、私は高揚した気分で彼を見つめた。

「すごく綺麗な場所ですね」

「気に入った？」

「はい！　とっても！」

私の言葉に、恭輔さんが優しい笑みを浮かべてくれる。

何もかもが素敵な空間の中で、こんなにも間近で見せられる彼の笑顔。幸せで胸のときめきが止まらなくなった。

「良かった。ここは昔から俺の秘密基地だったから、柚も気に入ってくれたのなら嬉しいよ」

恭輔さんはそう呟くと、ちょっと眩しそうな顔をして私を見つめる。

その顔が頼りなげに見えて、私は彼の腕にそっと触れた。

「秘密基地だなんて何だか楽しそう。子どもの頃のことですか？」

「そう。祖母が生きていた頃は折につけてここへ来ていたから。おもちゃを持ち込んで遊んだこともあったな。中学や高校の頃は本やパソコンを持ち込んで……。家にはたくさん人が出入りするから、ここでだけはひとりになれて気が楽だった」

「そうだったんですね」

恭輔さんは腕に触れた私の手をそっと取ると、優しく指を絡める。

彼とはもう何度も手を繋いでいるけれど、こんなにも彼を近く感じたのは初めてのことだ。彼の心に少しだけ触れた気がして、私は絡めた指にそっと力を込める。

すると恭輔さんは、手を繋いだまま私の身体にそっと腕を回した。

まるで壊れ物を扱うような優しい抱擁に、心がきゅっと音を立てる。

恭輔さんは私の髪に唇を寄せたまま、言葉を続けた。

「ずいぶん昔、父の後援会で、君が花束を渡してくれたことがあっただろう？　もう忘れてしまったかな」

彼の言葉に、私の胸がどきんと大きな音を立てた。

覚えている。忘れるはずなんてない。

あの日、恭輔さんに花束を渡す大役を担っていた姉は突然倒れてしまった。その傍らで、暗く苦痛に満ちた表情を浮かべた恭輔さんの姿が脳裏に蘇る。

恭輔さんと姉はとてもよく似ている。神様から与えられた資質と強い責任感、決して揺るがない誰よりも優しい心。あの時、そんなふたりが大きく揺れた。今振り返れば、きっとすでに高校生だった恭輔さんと姉には自分たちに課せられた責務が分かっていたのだろう。

運ばれていく姉を見送る恭輔さんの横顔が、ずっと胸に焼き付いたままだった。

あの瞬間から、私は生まれて初めての気持ちを知ったのだ。

この人に笑っていて欲しい。揺るぎなく強くいて欲しい。

彼のために私にできることがあるなら、何だってしよう。

この気持ちが何なのか、本当はもうとっくに気づいていた。

だって私はあの日から、この黒く濡れた瞳に囚われたままだから。

切ない想いで胸がいっぱいになっていく私を抱いたまま、恭輔さんは続ける。

「あの頃、梨花──君のお姉さんはとても不安定だった。きっと高校生になって、俺との関係を具体的に想像できるようになったんだろうな。結婚して、後継ぎを生んで……大人たちに一方的に決められた未来を、歯を食いしばって受け入れようともがいていた。あの会場で急に体調が悪くなったのも、今思えばきっと精神的な苦痛のせいだろう」

「恭輔さん……」

「俺も限界だったな。俺のせいで梨花が苦しんでいることが分かっていたから。重い看板や周囲の期待は俺に課せられた運命だけど、梨花にはまったく関係ない話だ。それに彼女は確かに大切な友人だったけど、お互い今も昔も恋愛対象じゃない。だからあんな風に梨花が倒れた時には、もう何もかも終わりしてやるって、荒んだ考えさえ浮かんだ」

恭輔さんの低い声が、触れ合った部分から伝わってくる。

静かに流れてくる姉や恭輔さんの苦悩が、身体中に広がった。

長い時間苦しんでいたふたりの心に、胸が締め付けられるように痛む。

無条件に与えられる優しい温もりの中で、自分だけが何も知らずに過ごしていたことが苦しい。悔しくて不甲斐なくて、思わず涙が溢れてしまう。

「でも……柚が俺を救ってくれた」

「えっ……？」

恭輔さんの口から思いもよらない言葉が吐き出され、零れ落ちそうだった涙が引っ込んだ。戸惑う私に、恭輔さんが耳元で微笑んだ気配がした。彼の吐息が、私の鼓膜を甘く震わせる。

「あの頃、俺は自分の進むべき道を見失っていた。本当にこれが人を幸せにすることに繋がるのかって、自問自答の毎日だった。でも柚は、そんな俺を丸ごと受け止めてくれた。これで良いんだって、迷いのない瞳で背中を押してくれたんだ」

「そんな……私……」

自分が恭輔さんの背中を押しただなんて。信じられない気持ちで彼を見つめると、その黒い瞳が迷いのない視線を返してくれる。

「本当だ。だから柚……きっとあの時から、君は俺にとって特別な存在だった」

甘美で、残酷なほど美しい彼の囁き。

思いもよらない告白に、息が止まるほどの衝撃が私を襲う。

あの日以来、私の心の中にはいつも恭輔さんがいた。でもだからと言って、彼とどうこうなりたいなどと大それた願いを持ったことは一度もなかった。

彼は姉の許嫁。どんなに憧れてもいつかは義理の兄になる人だと、自分に言い聞かせて過ごしてきたのだ。

彼が私をこうして誘ってくれるのも、きっとおじ様や父に対する配慮からなのだと思っていた。

姉がいなくなった今、父の娘は私しかいない。身代わりに私と結婚すればすべてが丸く収まる。私への気持ちなどないと、そう思い込んでいたのだ。

(恭輔さん、本当に私のことを気に掛けていてくれたの……?)

甘く狂おしい感情が私の鼓動を速くする。思わず胸にこもった熱い吐息を吐くと、彼が絡めていた指先を解いて両腕を私の背中に回した。

ハッとする間もなく身体がしなり、息ができないほどの力で抱きしめられてしまう。

「柚……」

首筋に彼の顔が埋められて、肌に触れた唇から熱が伝わる。熱は私の中でまた新たな熱を生み、爪先から髪の先まで一気に広がっていく。

何度も私を呼ぶ、彼の甘い声。

うっとりしてしまうほど甘美なときめきに身を委ねていると、ずっと閉じ込めていた想いが溢れんばかりに膨らんでいく。

まるで時が満ちたように、淡く幼い想いが、甘く柔らかな恋の果実へと熟していく。

(私……恭輔さんのことが好き。すごく……好きだ)

堰を切って走り出した恋心が、ひと息に情熱を連れてくる。

溢れる感情で思わず涙をこぼしてしまった私に気づき、そっと身体を離した恭輔さんが、困ったように目を細めた。指先で涙を優しく拭い、身体を屈めて、きちんと正面から向かい合うよう目を合わせてくれる。

初めて見つめられた、あの時と同じ神秘的な漆黒の瞳が、誘うように私の心と身体を引き寄せていく。

「俺は国政に命を捧げる覚悟でいる。でも、誰にも触れられない一番大切な心は、君に……君だけに捧げる。柚、俺と結婚を前提に付き合ってくれないか。俺に……君を愛する資格を与えて欲しい」

甘く耳に届いた告白に、答えの代わりに膜のように張り詰めた涙が頬に滑り落ちた。

長い指先が頬に触れ、そっと拭うと、続いて柔らかな唇がその後を追う。

「泣き虫の柚も可愛いな。でも、これからは泣かせたりしない。俺の心のすべてをかけてとことん愛してやる。……もう容赦はしない」

恭輔さんはそう言うと、私に向かってゆっくりと顔を傾けた。形の良い唇がそっと近づき、薄く開いた私のそれに重なる。

生まれて初めての、憧れの人とのキス。

柔らかな唇と唇が触れ合う甘美なときめきが、互いの存在を否応なし意識させる。

見知らぬ情熱に翻弄されながら、私は恭輔さんと自分がただの男と女なのだと、心の奥底まで思い知らされるのだった。


温室で思いもよらない告白を受けた翌日、恭輔さんはおじ様とおば様を伴って我が家へやってきた。

あらかじめ連絡を受けていた私は、玄関で恭輔さんたち一家を迎える。

「こんにちは。柚ちゃん、お邪魔するわね」

複雑な表情を浮かべるおじ様とは対照的に、おば様はどこか楽しげな表情だ。

ぎこちない笑顔を浮かべながら会釈し、私は両親が待つ応接室へと一同を案内する。

部屋では両親が、すでに立ち上がっておじ様たちの到着を待っていた。

それぞれの表情には、隠し切れない動揺と濃い疲労の色が浮かんでいる。

「青木、今日は突然すまない」

「真田、突然はお互い様だろう。蔦子《つたこ》さんにも迷惑を掛けて申し訳なかった。……ふたりとも、まずは座ってくれ」

両親とおじ様たちは、互いに労いの言葉を掛け合いながらソファーに腰を下ろす。

「青木、それで梨花ちゃんから連絡は……」

「ああ。実は今朝、梨花からあれが届いてな」

父はそう言ってサイドボードに視線を向けた。そこには、素朴な花々が散りばめられたフラワーアレンジメントが飾られている。

「みんなに申し訳ない、自分は無事だから探さないで欲しいと伝言が添えられていた。送り主の住所はこの家だ。たぶん、インターネットから注文したんだろう」

「それなら、梨花ちゃんは無事なんだな？」

「ああ。そのことだけは確かだ」

父の言葉を聞き、おじ様とおば様がホッとしたように顔を見合わせる。

きっと姉の生活も、こんな気遣いができるほど落ち着いたのだろう。姉が元気でいることが分かり、みんなの間にようやく穏やかな空気が漂った。

母が用意してあった人数分のコーヒーを運んでくる。淹れたてのコーヒーを口にしてようやく場が落ち着いたタイミングで、今度は恭輔さんが改まった様子で口を開く。

「おじさん、おばさん、今日は急にお邪魔して申し訳ありません」

「恭輔君、謝らなければならないのはこちらの方だ。たとえ梨花が無事でも、娘がしたことは取り返しがつかない。本当ならこちらが謝罪に伺わなくてはならないところなのに何かとバタバタしていてね。どうか私たちの無作法を許してくれ。この通りだ」

憔悴した面持ちで頭を下げる父に向かい、おじ様とおば様が複雑な表情を向ける。

恭輔さんは両親にちらりと視線を向けた後、姿勢を正して真っ直ぐに父を見つめた。

「おじさん、今日は梨花さんのことで伺った訳ではありません。今日は柚花さんと僕のことで、お願いがあって参りました」

「柚花……？」

訝しげに目を細める父に頷き、恭輔さんは続ける。

「柚花さんと僕の結婚を前提にした交際を許していただきたく、今日はお願いに参りました」

恭輔さんの言葉に、父は一瞬呆気に取られたように口を開けたが、すぐに正気に戻って険しい表情を浮かべた。隣に座った母にも、困惑の表情が浮かんでいる。

思いもよらない展開に、部屋の空気が一気に張り詰めた。

誰も一言も発しない、薄氷を踏むような長い沈黙が流れた後、ようやく場をとりなすよう、大きなため息をついた真田のおじ様が口を開いた。

「青木、すまない。私も昨夜、恭輔から話を聞いたばかりなんだ。そんな非常識な話はないとずいぶん諌めたんだが、恭輔がいっこうに考えを変えなくてな。どうしても柚ちゃんとのことを諦めたくないと言って聞かん。もちろん、柚ちゃんの同意があっての話だ。ずいぶん虫のいい話だが、どうか考えてみてはもらえないだろうか」

真剣なおじ様の言葉に、父もようやく苦しげに口を開く。

「……真田、すまんがその話は受けられん。迎える方にとってはどちらでも同じかもしれないが、私たちにとっては梨花も柚花も何にも代え難い大切な娘だ。あっちがダメならこっちなどと、簡単には割り切れん」

「青木……」

「子どもたちが一緒になれば親戚になるなどと、浅はかな考えを押し付けた私たちが間違っていた。もうこの話は終わりだ。梨花のことでは、お前にも恭輔君にも迷惑を掛けた。本当にすまない。この通りだ」

父は深く頭を垂れ、まるで固まったように身動きひとつしない。

すると突然ソファーから立ち上がった恭輔さんが父と母の側へ近寄り、何の躊躇もなく絨毯の上に膝をついた。

唐突な行動に誰もが呆然としていると、恭輔さんは土下座の姿勢で両親に向かって深く頭を下げる。

「おじさん、非常識を承知でお願いします。僕と柚との結婚を認めてください」

いつも冷静で取り乱すことのない彼の、なりふり構わない姿に胸がいっぱいになる。

それに、昨日恭輔さんが言っていたのは、〝結婚を前提にしたお付き合い〟のはず。

なのに、いきなり結婚の申し込みだなんて。

強引な彼の振る舞いを咎めたいのに、薄皮を纏ったよそゆきの自分の内側で彼に恋する心が甘く揺れている。何より、私のために両親に向かって必死に頭を下げる彼に、胸が切なく締め付けられる。

うるうると瞳を潤ませる私とは反対に、父は微動だにせず恭輔さんを凝視している。

その眼差しは険しく細められ、時を追うごとに鋭く研ぎ澄まされていく。

誰もが息を呑み、緊迫した空気がどんどん高まっていく。

居ても立ってもいられない気持ちになり、私は思わず席を立って恭輔さんの傍らに駆け寄った。

「お父さん、お願い。恭輔さんのお話を聞いてあげて」

「お前は黙っていなさい。いくら恭輔君でも、許せることと許せないことがある」

「お父さん、でも、でも、私……」

いくら訴えても取りつく島もない父に、どうしようもない涙が溢れてくる。

確かに、父から見れば恭輔さんの言っていることは非常識だろう。それに姉を逃がすための身代わりに過ぎない私がこうやって彼に縋り付いていることだって、父から見れば奇妙な光景だ。

けれどその歪さが、今の私にとってはたったひとつの真実だった。

歪でも非常識でも、彼と一緒にいたい。……好きでいたいのだ。

「柚、大丈夫だから……泣くな」

「でも、恭輔さんが……」

このままでは、恭輔さんひとりが悪者になってしまう。

そのことが堪らなく悲しくて、私は彼の腕に縋り付いた。

彼の大きな手が私の手を包み込む。優しい、頼もしい漆黒の眼差しが私を包み込む。

そして――彼の揺るぎない思いが、私に伝わる。

――大丈夫だ。

心に響いた恭輔さんの言葉に、不安に波立つ心がすっと静まっていくのが分かった。

彼に見つめられるだけで、こんなにも勇気が湧いてくることが不思議だった。

（大丈夫だ。だって私の隣には、恭輔さんがいる……）

すると私たちの様子を見た父とおじ様が、ほぼ同時にハッと顔を見合わせた。

続いて、何かに気づいた母とおば様の目に、確信めいた光が宿る。

複雑に絡まった糸がするりと解けるように、張り詰めていた部屋の空気がゆるゆるの動き出すのが分かった。硬く強張っていた父にも、いつもの穏やかさが戻る。

「柚……それに恭輔君も、もういい。分かったから」

「おじさん……」

「柚花は、梨花の代わりではない。そういうことだな？」

父はそう言うと、脱力したようにソファーに深く背を預けた。

そしてやれやれとでもいうように、何度も首を振りながらため息をつく。

「……そういうことだったか。まったく、何事も親が介入して良いことはひとつもないな」

「青木……」

「どうやら我々はとんでもない勘違いをしていたようだな。そうか。それなら今起こっていることすべてに納得がいく。子どもたちのせいじゃない。我々の責任だ」

父とおじ様の顔には、後悔とも安堵ともつかない複雑な感情が浮かんでいる。いつの間にか席を立っていた母とおば様は、互いに手を取り合い目に涙を浮かべていた。

「おじさん、おばさん、それに父さんと母さんも。こんなことになったのは、僕に覚悟ができていなかったせいです。だからこの責任は、今後の人生を掛けて必ず取るつもりです。もちろん梨花にも、いつか謝罪をして許しを乞うつもりです」

「恭輔君……」

「おじさんもおばさんも、梨花のことを許してやってください。今回のことは彼女の苦しみに気づいてやれなかった僕の責任でもあります。僕も梨花も、表面的なことに囚われて大切なことを見失っていた。梨花は何よりも大切なものに気づいて、ようやく自分を解放したんです。でも……おじさん、あいつならきっと大丈夫。家族が悲しむことは絶対にしない。責任感が強いやつだから」

恭輔さんの言葉に、また父と母の目に涙が浮かぶ。おじ様とおば様も手を取り合い、私たちに向かって何度も頷いてくれる。

そして私は、私を取り巻くすべての人たちを大切にしたいと心から思うのだった。


その後は涙と言葉少なに互いを労う時間が過ぎ、これからのことはまた改めて話し合うことにしてひとまずお開きとなった。

見送りのために門の外へ出ると「車を待たせているから」とおじ様とおば様が優しい笑顔を残して去ってしまい、両親も家に入って私と恭輔さんだけが残される。

急な展開にまだぼうっとする私に、恭輔さんが心配そうに言った。

「柚、今日はありがとう。それにごめん。俺、ちょっと強引だったかな」

「……いいえ。私も……あの……」

嬉しかった。本当は私だって……恭輔さんのことがずっと好きだった。

そう伝えたいのに、意気地なしの私にはまだ勇気が出ない。

火照った顔を見られたくなくて俯くと、彼の指の背が私の頬をそっと撫でた。

大切そうに、愛おしそうに触れられて、今度は胸の奥がキュンと疼いて、泣いてしまいそうになった。

「柚……」

恭輔さんの大きな手が、そっと私の頬を包み込んだ。強引に顔を上げられると、ほんのすぐ側に彼の顔がある。

暗闇でも煌めいて見える黒い瞳には、彼を見つめる私の姿が映し出されている。

どんな顔をしているのかは、自分でも分かっていた。

切なくて、苦しくて、今にも泣き出しそうな頼りなげな顔。

今のこの状況は簡単とはいえない。姉のことだって、微かな便りがあったとはいえ解決には程遠い。

大切な人と生きていきたいという想いも、こんな形でみんなの元を去ったことへの謝罪も、姉自身がみんなに伝えたいと思っているに違いないのだ。

恭輔さんと私のことだってそうだ。親しい後援者の中には姉と恭輔さんの縁談を知っている人もいる。突然姉から妹に相手が変わるなんて普通に考えれば非常識だろう。

だから本当はもっと冷静でいなくてはいけないのに、みっともないほど溢れ出てしまう彼への想いをどうしても止められない。

私はいったいいつから、こんなに自分勝手になってしまったのだろう。

それに……こんな顔をしていたら、もうずっと前から彼に恋をしていることに気づかれてしまう。姉の許嫁を好きだったなんて、恭輔さんに知られたら非常識な娘だと嫌われはしないだろうか。

「柚……そんな顔するな」

まるで咎められるように言われ、胸の奥がぎゅっと苦しくなった。

分別のない女の子だと思われた？　そんな思いが過ぎり、肩を落として目を逸らそうとしたところで、あっという間に彼の腕の中に囚われる。

「そんな顔をされると、このまま柚を連れてどこかへ行ってしまいたくなる。柚を……離したくなくなる」

情熱的な囁きが、私の体温をますます高くする。彼を見つめる眼差しも、吐く息も、何もかもが湿度の高い熱を帯び、彼への想いで身体中が満ちていく。

「だから……これは柚のせいだ」

恭輔さん、と言いかけた言葉は、性急な彼の吐息の中にあっという間に飲み込まれてしまった。

彼の熱い唇が私のそれを覆い、まるで食べられてしまうような獰猛さで私を味わう。

彼に求められているという喜びで、身も心もとろとろに溶かされてしまう。

自然に身体の力が抜け、くったりと彼に身を任せると、さらに情熱的な口付けが降ってくる。

自然に開いてしまった唇の隙間から入り込んだ舌は柔らかで、誰にも差し出したことのない何もかもが、彼によって甘く貪られてしまう。

いったいどれくらい絡み合っていたのだろう。やがて名残惜しそうに唇を離した恭輔さんが、深いため息をつきながら私を抱きしめた。

「今日はもう限界だ。これ以上長引くと、父が痺れを切らして秘書を呼びに来させる」

「恭輔さん……」

「柚……好きだ」

彼の腕の力強さと熱い吐息が、私への気持ちが本物なのだと信じさせてくれる。

心に隠していた小さな恋の蕾が、みるみる膨らんでほのかに甘い香りを漂わせるのを、私は喜びと、後戻りできない道を走り出したほんの少しの怖れを感じながら抱きしめるのだった。

純正サラブレッドの婚約者

恭輔さんと想いを通わせてから、約一か月が過ぎた。

その僅かな期間も、私はとても忙しい毎日を過ごしている。

『できるだけ早く結納を交わしたい』という恭輔さんの強い意向で、両家では結婚に向けての準備が急速に進められることになった。

長い間姉が彼の許嫁だったこともあり、当初は双方の両親に戸惑いもあったが、恭輔さんと私の意志が固いことを知って今ではそれぞれひっそりと喜んでくれている。

「柚花、これはどう？　ちょっと当ててみて」

暦は早くも師走を迎え、二週間後に迫った結納を前に母は衣装選びに余念がない。

座敷に晴れ着を広げた母に呼ばれ、私は受け取った晴れ着をふわりと肩に掛ける。

母の実家が呉服店を営んでいたこともあり、また私たちが姉妹だったせいもあって家にはたくさんの晴れ着があったが、母が選んだ一枚は未だ見たことのない振袖だ。

「わぁ、豪華。お母さん、こんな振袖あったんだね」

私が袖を通した振袖は、赤を主体としてとりどりの色彩が施された総絞りのものだ。

亀甲の瑞雲や四季折々の花々、宝づくしなど吉祥文様をふんだんに取り入れた華やかな古典柄で、職人の手による鹿の子絞りが、豪華さの中にも柔らかな印象を醸し出している。

「お母さんがお嫁に来る時持ってきた着物なのよ。当日はクリスマスだし、赤い着物も良いかと思って」

「綺麗……。それに、とっても華やかだね」

「お母さんがお父さんとの結納の時に着たものなの。……やっぱり似合うわね。柚花は私と似て骨格が華奢だから、絞りが良く映えるわ」

母はそう言って鏡の中の私に微笑みかけると、何かを思い出したように目を伏せた。

「梨花には新しいものを作ったのに、柚花には用意してあげられなくてごめんね」

「急に決まったことなんだもん。気にしないで」

「でも……本当なら、あなたにももっとゆっくり準備してやりたかった」

母はそう言うと、指先でそっと涙を拭う。

もともとは姉と交わすはずだった恭輔さんとの結納の支度を、今度は妹である私にしなくてはならない。母の複雑な気持ちを思うと、私の心もきゅっと締め付けられる。

「お母さん……こんなことになって、ごめんなさい」

「柚花が謝ることじゃないわ。お母さんたちこそ、柚花たちの気持ちを考えなくてごめんね。梨花にも謝りたいけど、きっとまだ私たちを許してはくれないでしょうね」

「そんな……」

花が届けられたきり、姉からの連絡は途絶えている。父も母も私と恭輔さんの縁談を慌ただしく進めてはいたが、心の中では姉が心配で堪らないのだろう。

時おり見せる両親の憔悴した表情に、私の胸はきりきりと痛み続ける。

本心では姉がフランスの恋人のところにいることを伝えたかったけれど、本人が告げないものを勝手に知らせることは憚られた。

とにかく今は私自身も、姉からの連絡を待つ外ないのだ。

（お姉ちゃん、元気にしているかな……）

本当は私だって恭輔さんと私とのことを話したい。あんなに何もかも分かち合った姉妹だったのに、恭輔さんへの恋心を隠していたことを謝りたい。

考えてもどうにもならないことを思い、胸が苦しいほどに締め付けられる。

「さて、と。柚花、帯もお母さんと一緒で良い？　ほら、当ててごらん」

母はしんみりした雰囲気を一掃するように明るい声で顔を上げると、豪華な刺繍の帯を私のお腹の辺りに沿わせた。

振袖用の豪華な袋帯は西陣織のものだ。黒地に金糸銀糸で織り込まれた亀甲華文が華やかで、総絞りの振袖にも負けない重厚な文様に圧倒される。

「すごく綺麗……」

「柚花が気に入ってくれたなら良かったわ。お母さんのお古で申し訳ないけど」

「お古だなんて。私、これがいい。この着物が好き」

私の言葉に、母が嬉しそうに微笑みながらまた目元を拭う。

母の涙に、私の心はまた切なく疼くのだった。

「ふぅ、疲れた」

自販機のカフェオレを片手に、私はオフィスのリフレッシュスペースのスツールに腰掛ける。

恭輔さんとの婚約を前に、私は急遽会社を退職することになった。

入社して一年足らずの新入社員とはいえ、それでも日々の業務は少なからずある。取りあえず持っている仕事を何人かの先輩に引き継ぐことになったけれど、並行して資料なども作る必要があり、時間がいくらあっても足りなかった。

今、こうしてひと休みしに来られたのも、引き継ぎ相手の先輩が別部署との打ち合わせで離席しているからだ。

（これを飲んだら、席に戻って資料を作ってしまおう）

私はまだ冷めない熱いカフェオレを急いで飲み込み、忙しなく席を立つ。

するとその時、背後から覚えのある険のある声が聞こえた。

「あら、柚花ちゃん。あなたのせいでみんな大変なのに、こんなところでのんびり休憩？　さすがに未来のファーストレディは違うわね」

振り向いた先には、冷たい表情で腕を組む愛奈さんが立ってる。

私は空になった紙コップをぎゅっと握りしめながら、彼女に視線を返した。

「すみません。今、席に戻るところです。……失礼します」

「待ちなさいよ！　……ったく、本当に苛々する人よね、あなたって」

愛奈さんはそう言い捨てると、憎々しげに私を見据える。

恭輔さんと私のことを双方の両親に伝えた後、本当はもっとゆっくりこれからのことを進めていくはずだった。

関係者には姉と恭輔さんが許嫁だったことを知る人も多い。みんなに理解が得られるよう、結婚の話は慎重に進めた方が良いというのが、家族の一致した意見だった。

けれど状況は、思いもよらない方向へと傾いてしまった。父から事のなりゆきを強引に聞き出した尾藤専務と愛奈さんが、姉が恋人を追って失踪したこと、私が身代わりに恭輔さんと結婚することなどを面白おかしく社内に吹聴してしまったからだ。

愛奈さんは姉の行動をさもふしだらなことだと言い募るばかりでなく、父が自分の名誉と利益のために無理やり私を身代わりに据えたと言いふらした。

そして私のことは、虚栄心の強い性悪だと悪口を言っているらしい。

もちろん、親しくしている先輩や同期などは私や父を信じてくれたが、すべての人たちがそう思ってくれるわけではなかった。

社員の中には父への不信感を抱く人も現れ、この混乱を収めるためにも、私はひとまず会社から引いた方がいいということになったのだ。

父にとってこの会社が誇りであるように、仕事は私にとって大切なものだった。

微力ながら家業の力になろうと決心して入社しただけにこんな去り方をするのは不本意だったが、従業員の信頼を損ねることだけは絶対に避けねばならない。

混沌としていく事態を受け、恭輔さんは私との婚約を早めることを決めた。

おじ様やおば様も同じ意見だったけれど、まさか身内からこんな仕打ちを受けるとは想像もしていなかったから、私たち家族が受けた衝撃は大きかった。

(愛奈さん……それに尾藤専務も。いったいどういうつもりなの?)

恭輔さんに並々ならぬ執着を見せていた愛奈さんが私を悪く言うのはまだ理解できるが、尾藤専務までどうしてこんなことをするのだろう。

会社に悪い評判が立てば、専務の自分だって困るはずだ。それに身内で揉め事が起きれば、信用にだって傷がつく。

（叔母さんだって、こんなことは望んでいないはずだ……）

父の妹である叔母は大人しく優しい人だが身体が弱く、今では家でほぼ寝たきりの生活をしているらしい。叔父も愛奈さんもそんな叔母を省みることなく、世話の一切をお手伝いさんに任せていると聞く。

叔父の態度を見兼ねて父も何度も叔父と話し合いを重ねているけれど、いっこうに改善する様子はなかった。

（愛奈さんと話しても無駄だ。早く席に戻ろう……）

軽く会釈してその場を立ち去ろうとすると「待ちなさいよ」と乱暴に腕を掴まれる。

ハッとして顔を上げると、私を凝視する愛奈さんと目が合った。彼女の顔には、凄まじいまでの私への憎しみが溢れている。

恐怖で思わず身体を震わせると、私の怯えに気づいた彼女の顔にゆっくりと愉悦の表情が浮かぶ。

「……っとに貧相な子。梨花ちゃんならまだしも、恭輔さんだって柚ちゃんなんか相手にしたくないに決まってる。伯父さんの手前、我慢してるだけだってまだ分かんないの？」

愛奈さんはそう言い放つと、私の腕に爪を立てる。きりりとした痛みが、皮膚の上を走った。

「や、やめてください。放して……っ」

渾身の力で抵抗しても、体格の良い愛奈さんには敵わない。

彼女はまるで子どもをからかうように私を押さえつけると、見下すように言った。

「柚ちゃんが身のほどをわきまえないから教えてあげてるの。恭輔さんは完璧な人よ。そう、言うなれば純正のサラブレッドね。とてもじゃないけど、あなたでは釣りあわない。早く婚約を取りやめなさい。じゃなきゃ、取り返しのつかないことになるわよ」

敵意で張り詰めた声が私の頭上に投げつけられる。憎々しげに私を貫く視線には、ちらちらと狂気すら感じられる。経験したことのない恐怖に押し黙って身体を震わせていると、業を煮やした愛奈さんが、強い力で腕を振った。

その勢いで、身体が床の上に弾き飛ばされる。

愛奈さんは倒れ込む私の側につっと近寄ると、残酷ささえ感じさせる表情で私を見下ろした。

「これが最後よ。柚ちゃん、恭輔さんとの縁談はあなたから断って。誠実な恭輔さんは伯父さんを裏切れないわ。恭輔さんを自由にしてあげて。……分かったわね？」

刺すような視線でそう言い放つと、愛奈さんは振り返りもせずその場を去っていく。

その不吉な後姿から、私はしばらく目を離すことができなかった。


動揺を堪えて業務を終え、帰路につくと、オフィスから少し離れた場所に恭輔さんの車が停まっているのが目に入った。

足早に駆け寄ると、私の到着を待たずに恭輔さんが降りてきてくれる。

「お疲れ様。急に連絡したけど、大丈夫だった？」

「はい。今日やることは全部済ませてきたので」

「そうか。それなら良かった。……柚、乗って」

恭輔さんの優しいエスコートで助手席に乗り込むと、車は静かに走り出す。

仕事帰りの彼は隙のないスーツ姿だ。その凛々しい横顔に思わず見惚れてしまう。

「引き継ぎは上手くいってる？　何か問題はない？」

スマートにハンドルを切る恭輔さんの言葉に、オフィスでの愛奈さんからの理不尽な振る舞いが浮かぶ。

(でも……忙しい恭輔さんに余計な心配は掛けられない)

それに身内の恥を明かすことも憚られて、私は大きく息を吸って明るい笑顔を運転席に向けた。

「はい。順調です。あの、今日はこれからどこへ……？」

「指輪を買いに行こう。……俺から柚へ送るエンゲージリング」

「えっ……」

驚く私に恭輔さんの黒い瞳が流れるように注がれる。端正な切れ長の眼差しが黒く艶めいた気がして、胸がどきりと大きな音を立てた。

エンゲージリングという言葉に、ときめかない女の子なんてきっといないだろう。

その特別な指輪は少女の頃から私たちに圧倒的な憧れを抱かせる威力を持っている。

いつか出会う運命の王子様に、煌めく宝石を左手の薬指に嵌めてもらう。永遠に続く、愛の証として。でも……。

脳裏に浮かんだ小さな可能性が、喜びで走り出しそうな心を押し留める。

「あの……でも恭輔さん、もしお姉ちゃ……姉のために用意してもらったものがあるなら、私、その指輪をいただいても……」

姉と交わすはずだった結納の準備は、我が家だけではなく真田家でも行われていたはずだ。

ただでさえ多大な迷惑を掛けているのに、これ以上の負担は掛けられない。そう思って横顔を見つめると、赤信号で止まったタイミングで彼の真っ直ぐな視線が私に向けられた。

ちょっと咎めるような、有無を言わせぬ眼差し。

強く猛々しい、選ばれた人だけが持つ強いオーラが車内に立ち込める。

「梨花は『指輪はいらない』と言って聞かなくてね。ナシという訳にもいかないから、結納の日は目録だけ用意した」

「……そうだったんですか」

「ああ。俺も、無理やり買う物でもないと思って梨花の言う通りにしたんだ。でも……柚、君の左手には、何が何でも俺が贈った指輪を飾りたい。君が俺の物だって、誰の目から見ても分かるようにね」

恭輔さんはそう言うと、問いかけるような視線を投げかける。

黒く煌めく眼差しが私を捉え、身動きすら封じ込めてしまうその魅力に、息をするのも忘れてしまう。

「嫌……？　俺から指輪を受け取るの」

「あ、あの……」

「柚が俺のものだってみんなに分からせたい。だからどんなに遠くから見てもひときわ輝く宝石を君の指に嵌める。……それでいい？」

熱を孕んだ情熱的な言葉。

言葉だけじゃなく、恭輔さんの瞳も滾るように濃く揺らめいている。

彼の焦げ付くような性急さに追い立てられ、私の頬も次第に熱を帯びていく。

「柚……ちゃんと答えて」

じっと見つめられながら答えを促され、私は息も絶え絶えにようやく答える。

「はい。私も……そうしたいです」

その言葉に漆黒の瞳がゆるゆると緩んだ。信号が変わる一瞬のタイミングで素早く寄せられた唇が私のそれに重なる。

背後から鳴らされたクラクションに、クスリと笑みを漏らした恭輔さんがゆっくりと車を発進させた。

私は高鳴る鼓動に胸を押さえながら——ただ熱に浮かされた唇を宥めることしかで

きなかった。

それから、恭輔さんは私を連れて世界的に有名なジュエリーブランドの直営店へと向かった。

純白のクリスマス・ツリーと磨き上げられたショーケースが並ぶ店内に足を踏み入れると、美しく隙のない所作の女性店員たちに笑顔で迎えられる。

「いらっしゃいませ。お客様、本日は何をお探しですか」

「エンゲージリングを。彼女に似合うものをいくつか見せてもらえますか」

「かしこまりました。宝石はお決まりですか」

「そうだな……柚、何か好きな宝石はある？」

繋いだ手もそのままに恭輔さんに顔を覗き込まれ、また顔が赤くなってしまう。

（恭輔さんたら、人前でこんなにくっつくなんて……）

恥ずかしさと緊張で胸がいっぱいになっていると、年配の優しそうな女性店員が私たちの顔を交互に見ながら、笑顔で言った。

「エンゲージリングには、やはりダイヤモンドを選ばれる方が多いですね。一生お使いになるものですし、デザインも素材を引き立てるシンプルなものがよろしいかと存じます」

「そうですか。……柚、ダイヤモンドでいい？」

またほんのすぐ側まで顔を近づける恭輔さんに、ドキドキしながら何とか頷く。

恭輔さんはそんな私にクスリと笑みを漏らすと、女性店員に視線を向けた。

「それじゃ、ダイヤモンドでお願いします」

彼の言葉を合図に、女性店員たちがサッと店内に散らばる。そしてあっという間に、大きなダイヤモンドがついた特別な指輪がベルベッドのトレイに次々と並べられた。

「お嬢様、こちらへ」

年配の女性店員がそのひとつを指先で丁寧につまみ上げ、私の左手の薬指に嵌める。

美しくカットされたダイヤモンドが、店内の照明を受けて眩しいほどの輝きを放つ。

明らかに指よりも大きな粒のもの、ハートの形をした可愛らしいデザイン。試したものはどれも素敵だったけれど、最後に嵌められた指輪に私の目は釘付けになった。

「……いいね。柚にぴったりだ」

隣で見ていた恭輔さんが、ピンと指先を伸ばした私の左手をそっと下から握ってくれる。

それはとても美しい指輪だった。

通常の立て爪とは異なり、シンプルな六本の爪で留められたダイヤモンドがまるでリングの上にふわりと乗っているように見えるデザイン。

ブリリアントカットのダイヤモンドは薬指の上でこれ以上ないくらいに輝き、いつまで見ていても見飽きることのない美しさだ。

「そちら、先日入ったばかりでまだどなたにも触れられていないお品なんですよ。当店独自のセッティングで、素材の美しさを極限まで際立たせる計算され尽くしたエンゲージリングでございます。クラリティも最高級で、頻繁には入ってこないお品です」

満面の笑みを浮かべながら話す女性店員に、恭輔さんがちらりと視線を向ける。

そして眼差しを細めながら、私の顔を覗き込んだ。

「柚、これでいい？」

手を取られ、彼の甘く緩ませた瞳に絡め取られる。胸がいっぱいで言葉にならず、こくりと頷いて見せると、恭輔さんの顔に優しい笑みが広がった。

優しい、満ち足りた、幸福そうな微笑み。

こんな彼の顔を見るのは初めてで、心臓が破れそうに鼓動を速めていく。

私と恭輔さんの顔を見比べながら、女性店員が満足そうな笑みを浮かべた。

「ご要望にお応えできて、私どもも大変嬉しく存じます。このたびは、ご結婚おめでとうございます」

気づけば店内にいた店員たちが私たちの周囲に集まり、揃って頭を下げてくれる。

温かな祝福に包まれ、私と恭輔さんは互いに繋いだ手と手をまた強く握りしめるのだった。


支払いやサイズ直しの手続きをして店を出ると、恭輔さんと私は彼の住む都内のマンションへとやってきた。

彼が住んでいるのは実家からほど近いこぢんまりした低層マンションだ。

住宅街に建っているせいか規模はそれほど大きくないけれど、それぞれに十分なスペースが取られており、プライベートも確保されている。

「柚、あまり片付いてないけど、どうぞ」

恭輔さんに誘われ、開錠された扉の中へと足を踏み入れる。

「お、お邪魔します」

実家にある恭輔さんの部屋には子どもの頃何度か入ったことがあるけれど、ひとり暮らしのこの部屋に入るのは初めて。

男の人の家にひとりで入ることも生まれて初めてのことで、また心臓がドキドキと大きな音を立てるのを、何度も深呼吸してやり過ごす。

（どうしよう。すごく緊張する。心臓の音、恭輔さんに気づかれませんように）

今日ここへ来たのは、これから結婚までのスケジュールを調整するためだ。

ただそれだけの理由だと分かっているのに、何故だか胸のときめきが止まらない。

「柚、適当に座ってて。今、コーヒーを淹れるから」

「あ……私、お手伝いを……」

そう言って彼を追おうとすると、ひょい、と抱き上げられてソファーに座らされてしまう。

「柚は大人しく待ってて。すぐに戻る」

笑顔を残してキッチンへ行ってしまう恭輔さんを見送ると、私は手持ち無沙汰に周囲を見渡した。

革張りのソファーセットが置かれたリビングは広く、ざっと三十畳ほどはあるだろうか。

大きな液晶テレビの両脇には、すっきり背の高い観葉植物。高さのある天井と広いバルコニーへと続く硝子戸など、シンプルでありながら温かみを感じさせる室内は洗練されていて、恭輔さんのイメージぴったりだ。

（恭輔さんのお部屋に来られるなんて、何だか夢を見ているみたい）

憧れの人の部屋に自分がいることが信じられない。今こうして腰を下ろしているソファーすら、特別な物のように感じられる。

（恭輔さん、このソファーで本を読んだり、テレビを見たりするのかな……？）

思いを巡らせながらそっと柔らかなレザーに手を滑らせていると、マグカップをふたつ乗せたトレイを手に恭輔さんがキッチンから戻ってきた。

彼はソファーの前に置かれた硝子テーブルの上にマグカップを置くと、私の隣に腰を下ろす。

「柚のにはミルクを入れておいたよ。冷めないうちにどうぞ」

「ありがとうございます。いただきます」

恭輔さんとはもう何度も一緒に食事をして食後にコーヒーを頼むことも多いから、私がコーヒーにミルクをたっぷり入れるのを覚えていてくれたのだろう。

ただそれだけのこと。取るに足らないことなのに、彼に気に掛けてもらえることが嬉しい。

「……美味しい。良い香り」

「良かった。近所に専門店があるんだ。毎回、色んな種類の豆を勧めてくれるから違いを楽しめる。一緒に暮らすようになったら、柚も一緒に行こう。カフェも併設されているから、向こうで飲むこともできるし」

（えっ、今、何て……）

さらりと彼が口にした言葉に、驚きのあまり息が止まった。と、その拍子に口に含んだコーヒーにむせてしまう。込み上げてくる咳と動揺から、身体中が熱くなった。恭輔さんは咳き込む私の手からマグカップを取ってテーブルに置き、背中をとんとんと叩いてくれる。

しばらくしてようやく咳が治まると、恭輔さんがキッチンからミネラルウォーターの入ったグラスを持ってきてくれた。

「柚、水を飲んで。少しずつでいい」

彼の手から少しずつ水を飲ませてもらい、ようやくひと息つく。

「大丈夫?」

「……はい。すみません」

酷く咳き込んだせいで目からは涙が流れ、鼻水まで出てしまっている。

初めて訪れた憧れの人の家でのこの惨状、穴があったら入りたいとはこのことだ。

為す術もなく肩で息をしていると、恭輔さんはテーブルの上にあったボックスティッシュを何枚か引き抜き、そっと顔を拭いてくれた。

「あ、あの、自分で……」

「いいから。目を閉じてじっとしてろ」

恭輔さんは私の後頭部に手を入れ、優しい手つきで涙を拭っている。

まなじりからまぶた、頬を拭いてしまうと、今度は指先で直に頬に触れた。

肌に感じる温度が変わり、ハッとして目を開けるとすぐ側に恭輔さんの顔があった。

黒く濡れた印象的な瞳が、私だけを見つめている。

ワイシャツの首筋からは彼の香りが流れ、くらりと眩暈にも似た感覚に囚われて身体の力が抜けた。

すると次の瞬間、目を閉じる間もなく唇が塞がれる。

柔らかで官能的な唇が、火傷しそうなほどの熱を伝えている。

「……何でこんなに可愛いんだ」

「あ……」

「今のは柚が悪い。不可抗力だ」

恭輔さんはそう言うと、今度は私の頬に唇を寄せた。ちゅ、と音をさせて彷徨う唇は、頬からまぶた、まなじりから首筋へと滑り落ちる。

「あ……ふっ……」

思わず息を漏らすと、今度はさっきより強引なキスが落ちてきた。

有無を言わさぬ唇がまるで吐息を閉じ込めるように唇を覆っては、食むように私の上下の唇を味わう。ちゅ、ちゅと音を立てて吸い付かれ、堪えきれずに開いてしまった隙間から、柔らかで熱い塊が忍び込んでくる。

「ん……ん……っ」

くったりと彼に預けた身体が、次第に熱を帯びていく。

こんなキスは知らないはずなのに、身体が自然に彼の愛撫を受け入れていく。

頭の中がとろりと溶けて、甘い蜜でいっぱいになってしまう。

経験したことのない感覚に身体の芯が疼き、必死になって彼の背中にしがみ付いた。

「柚……」

唇を離した僅かな合い間に名前を呼ばれ、切なげなその声がまた新たな疼きを呼んでくる。

熱に浮かされたように私を求める、彼の情熱になされるがまま身を委ねた。

どれほど奪い合ってもまだ足りない。柔らかに絡め合っては互いを確かめ、蜜を味わっていく。

いったいどれくらいそうしていたのだろう。

やがて名残惜しげにちゅっと音をさせて、彼の唇が私から離れた。

（や……）

終わらない情熱が互いの心を引き留める。堪らなくなって私は彼の胸に顔を埋めた。

「……柚、これ以上はダメだ。止まらなくなる」

「だって……」

だって、まだ離れたくない。彼に……触れられ、触れていたい。

「残念だけど君を俺の本当の妻にするのはもう少し先だ。誰にも文句を言わせないようにすべてを準備したら、その時は……思う存分君を抱く。覚悟をしておいて」

私を見つめる彼の眼差しが、深く混じりけのない漆黒へと変わる。

冷めることのない熱に浮かされながら、私は女の顔をした見知らぬ自分が彼の瞳に映るのを、ただ息を潜めて見つめることしかできなかった。

白昼夢のように

「青木さん、お疲れ様でした！」

　ささやかな拍手に包まれながら、私は先輩から小さな花束を受け取る。

　いよいよ二日後に恭輔さんとの結納を控えた週末、就業時間を終えたタイミングで退職する私のために部署の人たちが集まってくれた。

「皆さん、短い間でしたが、お世話になりました。このたびは急なことで迷惑をお掛けして、本当に申し訳ありません」

「寂しくなるけど、おめでたいことなんだから仕方ないよな」

「そうそう。結婚の日が決まったら、また教えてね」

　部署の先輩たちの優しい視線に見守られ、私はもう一度深々と頭を下げる。

「青木さんは仕事が手早くてきちんとしていたから我が部にとっては痛手ですが……どうか幸せになってください」

　感情的になったところを見たことがない、経理畑ひとすじの部長が私に向かって労うような笑顔を見せた。

急な退職で明らかに迷惑を掛けているのに、こうして気を使ってくれることが嬉しく、泣きたいような気分になる。

「ここで皆さんに教えていただいたことを糧に、これからも頑張っていきます。本当にありがとうございました」

もう一度頭を下げ、エレベーターホールで見送ってくれる優しい眼差しに後ろ髪を引かれながらオフィスを後にした。

一階でエレベーターを降り、オフィスビルの扉を出てもう一度振り返る。

（もう少し、ここで働いてみたかったな……）

父の会社に入社して僅か一年足らず。まさかこんなに早く退職するとは思わなかったけれど、これも何かの巡り合わせなのだろう。

結ばれた縁の不思議と一抹の寂しさを感じながら、私は冷たい風が吹く十二月の街をひとり歩く。

（私、本当に恭輔さんと婚約するんだ……）

姉の時はホテルだったけれど、明後日は実家でひっそりと結納を交わすことになっている。

姉の失踪と身代わりになった妹の話は、愛奈さん親子の吹聴で思いもよらず広く人々に知られることになってしまった。

中には説明を求める事務所関係者もいて、あれ以来、父は対応に追われる気忙しい日々を送っている。

私は姉の身代わりではなく、自分の意志で恭輔さんと生きてゆくことを決めた。

けれどその事実を説明することは、あまりにも困難だ。

何より、当の姉が姿を消してしまったことが事態をさらにややこしくしていた。

「はぁ……」

知らずため息が口をつく。

恭輔さんは『これから俺たちが仲睦まじく暮らせば自然に誤解は解けていくから、放っておけばいい』と言っていたけれど、心労を重ねている父のことを思うと心配で堪らない。それに……。

(叔父さんにも愛奈さんにも、結局挨拶できなかったな)

脳裏に、気まずいままになっている尾藤親子の顔が浮かぶ。

リフレッシュルームで緊迫したやり取りをして以来、オフィスで愛奈さんの顔を見ることはなかった。あの翌日から、彼女はずっと会社を休んでいるのだ。

彼女の所属長に様子を聞いてみたけれど、休む連絡があっただけで理由は分からないという。

それに尾藤専務も、ほとんど社内で姿を見ない。親子揃って休むなんてと気になったが、何かと気苦労の多い父に聞くことも憚られて結局そのままにしてしまった。

(愛奈さんは、きっと私を一生許さないだろう)

リフレッシュルームで私に向けられた、狂気に満ちた視線を思い出す。

彼女は本当に恭輔さんに好意を寄せていたのだろうか。

けれど記憶の中をいくら辿っても、そんな片鱗は思い浮かばない。

(でも、私ももう後戻りはできない)

私は恭輔さんと生きることを選んだ。彼も……私を選んでくれた。

混沌とする心の中で、そのことだけが揺るぎない力で強く私を支えていた。


家に帰宅すると、玄関に複数の靴が並んでいるのに気づいた。父のものではない男物の革靴に、妙な違和感が走る。

(……お客さん？)

時刻は午後七時。こんな時間に誰だろうと訝しく思いながらリビングの扉を開けると、窓際に置かれたソファーセットに叔父である尾藤専務と見知らぬ男性、そして母が座っているのが目に入る。

「お帰り、柚花ちゃん。今日で退職したんだろう。短い間だったが、ご苦労だったね」

どこか狡猾な眼差しでうっすら笑みを浮かべる叔父とは対照的に、母は顔色を失い、今にも泣き出しそうな顔をしている。

明らかに尋常ではない部屋の空気に、私の背筋もひやりと冷たくなった。

「あの……今日は何か……？」

取り繕うよう言葉を吐き出した私に、叔父は無言で大げさなため息をつく。

それを合図にしたように、叔父の隣に座った男性が立ち上がって名刺を差し出した。

「青木柚花さんですね。初めまして」

受け取った名刺には〝真田英輔選挙事務所　柏原《かしわばら》博文《ひろふみ》〟という文字が印字されている。

年齢は二十代後半、恭輔さんと同じくらいだろうか。

中肉中背で温和そうな顔立ちに紺色のスーツ、白いワイシャツとストライプのネクタイ。ごく平均的ないでたちながらも、すっとした一重の眼差しにはどこか油断ならない光が宿っている。

（おじ様の選挙事務所の人が、どうして尾藤専務と一緒に家にいるの？　それに、お父さんはどうしたんだろう）

訳の分からない不安で胸がいっぱいになり、私はコートも脱がないまま母の隣に座り込む。

「お母さん、お父さんは？　いったい何があったの？」

「柚花……」

どこか正気を失ったようだった母は私の顔を見ると我に返ったようにハッと目を見開き、何かを決意したように叔父に視線を向けた。

「和彦さん、とにかく今日は帰ってください。私にはどうしても信じられません。とにかく夫に直接話を聞かないと……」

「気持ちは分かるが、もうあまり時間がないんだ。ちょうど柚花ちゃんも帰ってきたようだし、今後の話をしようじゃないか」

叔父の言葉に、母が弾かれたように顔を上げた。

「やめてください。娘には関係のない話です」

「関係ないだって？　瞳子さん、さっきから言っているだろう。これはそんな簡単な話じゃない。我が社の命運が掛かってるんだ。それに、柚花ちゃんだって身の振り方を考える必要があるんじゃないかね」

苛立ったように母を見つめる叔父の顔に、残忍な表情が浮かんだ。その獲物を狙う獣のような目つきに、ゾッと背筋が寒くなる。

（怖い。やっぱり、尾藤専務は私たちのことが嫌いなんだ……）

初めて見せつけられた叔父の本性に身が竦んだけれど、母は少しも怯むことなく、強く叔父を見据えたままだ。

私を守ろうとする母の想いが伝わり、思わず触れ合っていた母の手をぎゅっと握る。

「やめてください。柚花には何の責任もないでしょう？　和彦さん、このことを真知《まち》子《こ》さんは知っているんですか。あなたが振りかざす権利は、本来株を持つ真知子さんのものでしょう。……お引き取りを。とにかく、私は夫と話すまで何も信じません」

一歩も譲らぬ母の剣幕に、叔父の顔がさらに怒りで歪んだ。

「あんたにだって何の権利もないだろう。生意気な。黙って聞いてりゃ、この……」

声を荒らげて拳を振り上げようとした尾藤専務を、柏原と名乗った男性がスッと手を上げて制した。

「尾藤さん、落ち着いてください。……奥様も、ここは一旦冷静になりましょう」

その柔らかな対応に、一触即発だった部屋の空気がほんの少し和らぐ。

柏原さんはとりなすような笑みを母と叔父に向けた後、笑いながら私の方へグッと身を乗り出した。その馴れ馴れしさに、生理的な嫌悪感が駆け抜ける。

「柚花さん、実は少し困ったことになりましてね。昨日、当選挙事務所にこんなものが届いたんです。もう、見ていただいた方が早い」

柏原さんはそう言って脇にあったA4サイズの茶封筒に手を伸ばすと、乱雑に逆さにして中に入っていたものをテーブルにぶちまけた。

そして、母が慌てたように手を伸ばすのを強引な仕草で遮る。

それは複数の写真だった。

恰幅の良い中年の男性が、制服姿の若い女の子と腕を組んでいる。

やがてぼんやりと霞んだ画像に焦点が合い、その人物の顔がはっきりと目に映った。

「お父さん……？」

女の子と腕を組んで歩いているのは、紛れもなく父だった。そして彼らの背後には特定の目的にのみ利用されるある種のホテルの看板が、くっきりと写し出されている。

衝撃で言葉を失う私に、母がやりきれない表情で目を伏せた。

笑いを噛み殺すよう顔を歪める叔父の隣で、柏原さんが淡々と告げる。

「柚花さん、これはあなたのお父さんで間違いないですね？」

「やめてください……！　娘には関係ないと言ってるじゃありませんか」

「奥様、お気持ちは分かりますがそろそろ現実を受け入れてください。これじゃ、こちらも対応に困ってしまう」

柏原さんは呆れたように母を一瞥すると、冷ややかに続ける。

「昨日、この数枚の写真が当事務所に郵送で届きました。差出人の記名はありませんでしたが、『こんな人物が真田議員の後援会長のままで良いのか』という文書が同封されていましてね。ご本人に確認したところ、間違いないとおっしゃったので」

「そんな……」

柏原さんの言葉に、目の前が真っ暗になった気がした。身体から血の気が引き、指先が冷たくなっていく。

（まさか……お父さん、本当なの？）

激しい衝撃で呆然とする私の隣で、母が気丈な視線を柏原さんに向ける。

「主人はいったいどこにいるんですか。それに、何故あなたと和彦さん……尾藤専務が一緒にこちらへ？　私たち家族は、主人の口から真実を聞くまで信じません」

「お母さん……」

「だって……そうでしょう？　こんなものをいくら見せられても、お母さんは信じない。お父さんの口から聞かなきゃ信じないわ」

母の言葉に、私も強く頷いた。何より、今はただ父の言葉が欲しい。

すると柏原さんは、呆れたように小さなため息をついて言った。

「仕方がないですね。それなら、今から青木社長に連絡しましょう」

「繋がらないと思います。さっきから何度も連絡してますけど、出ませんから」

母の言葉を無視し、柏原さんはどこか小馬鹿にしたような表情でスマートフォンを操作すると、やがて茶化したように私たちに向かって目を見開いて見せる。

「あ、青木社長ですか。お疲れ様です。柏原です。実は奥様とお嬢様が、どうしても社長とお話がしたいとおっしゃって。ええ、ええ……」

柏原さんは何度かやり取りした後、芝居がかった仕草で母にスマートフォンを差し出した。

「……どうぞ。正真正銘、ご主人です」

母は動揺しながらも、縋り付くように彼の手からスマートフォンを受け取って耳に当てた。数秒後、ホッと解けるような安堵の表情を浮かべる。

「あなた、いったいどこにいるの？　これはどういうことなの？　えっ……えっ……まさか、嘘でしょう……」

柔らかだった母の顔がみるみるうちに崩れ落ち、絶望に打ちひしがれた瞳から涙が流れ落ちている。

嗚咽を繰り返す母の手から無我夢中でスマートフォンを受け取り、私は強く液晶を耳に当てた。破れそうな心臓を堪え、震える声で「もしもし」と問いかける。

「……柚花か？」

「お父さん……」

いつも身近にあったはずなのに、父の声がとても遠く感じられる。

強固で揺るぎないはずのものが崩れ落ちていくのを感じながら、私は一言一句聞き漏らすまいと、耳をそばだてた。

「柚花……すまない」

「お父さん……」

「後のことは柏原さんに任せるんだ。お前は恭輔君と幸せになりなさい。恭輔君はまだ若い。きっと迷うこともあるだろうが、そんな時はお前が支えになりなさい」

まるで遺言のような父の言葉。それに、不名誉な写真について何の弁明もない。

絶望と言い知れぬ不安が胸に押し寄せ、私の目からも涙が溢れ出す。

「お父さん、どこにいるの？　いつ帰ってくるの？」

まるで子どものように、私は泣いていた。

父が私たちから離れていく。

予報にない突然の嵐が私たちを巻き込み、バラバラにして遠くへ吹き飛ばしていく。

しゃくりあげるように泣き続ける私の耳に、父の優しい声が落ちてくる。

「柚花、恭輔君を大切に……。梨花と柚花の幸せを、お父さんはずっと祈ってる」

「お父さん……！」

父に追い縋ろうとする私の手から、柏原さんがするりとスマートフォンを抜き取った。そして目の前であっけなく通話を終わらせると、何事もなかったようにスーツの内ポケットにしまう。

「これで納得していただけましたか？　青木社長には、事態が収拾するまでこちらの指定する場所に避難していただくことになっています。内容が内容なだけに、週刊誌にでも嗅ぎつけられたら大変ですからね」

「週刊誌……」

「ええ。未成年との淫行……やつらが最も好む醜聞です」

しゅうぶん、という言葉の意味を、回らない頭でぼんやりと探す。

醜いスキャンダル。あの愚直なまでに誠実な父が、本当にそんなことをしたというのか。

両手で顔を覆って震える母の肩を抱きながら、いつの間にか私の身体も小刻みに震えていることに気づく。

尾藤専務はそんな私たちをちらりと盗み見ると、大げさに眉を下げた。

「それでなぁ、瞳子さん。義兄さんは私に、社長と真田さんの後援会の会長を代行して欲しいと言ってるんだ。そんな急なことは困ると一度は断ったんだが、どうしても助けて欲しいと泣きつかれてね。柚花ちゃんも知っていると思うが、政府関係のプロジェクトが始まったばかりだろう。義兄さんが誰よりも成功を望んでいた案件だ。自分のせいでとん挫することにでもなったら、悔やんでも悔やみきれないだろう。前職の関係でマスコミにコネがある柏原さんにそれとなく探ってもらったんだが、今のところ義兄さんのスキャンダルはマスコミには漏れていないらしい。きっと写真を送ってきた人物も、純粋に正義感から告発したんだろう」

尾藤専務の言葉に、身体中に流れる血液が沸き立つような感覚を覚えた。

父がそんなことをするはずがない。心の中では今でもそう信じている。けれどそれなら何故父は否定しないのだろう。

「でも……株主の同意を得られないのではないですか」

実は数年前にも、叔父は数人の新規株主を懐柔してお粗末なクーデターのようなものを起こそうとしたことがあった。

結果的に古くからの株主の猛反発に遭い、叔父の解任要求にまで発展したのだが、叔母の立場を慮った父の配慮で立場を繋いだのだ。

私の言葉に、尾藤専務はフンッと鼻を鳴らして笑った。

「義兄さんの委任状でもあれば、株主は納得するよ。義兄さんが急病で倒れたことにでもしておけばいい。後援会長については、柏原君が辻褄を合わせてくれる」

叔父は頬が緩むのを必死で我慢しながら、神妙な顔をして柏原さんに視線を向ける。

「後援会としましては、深いお付き合いがある青木製作所とのご縁は簡単には切れないと思っています。真田と青木社長との絆は深い。簡単に解任しては、逆に関係者の不信を買うでしょう。今回は尾藤専務のおっしゃる通り、社長は急病、しかもあまり人に会えないほどの重病ということにしておくのが無難でしょう」

柏原さんは淡々と言葉を続けると、私に向かって無機質な眼差しを向ける。

「奥様も柚花さんも、それでよろしいですね」

取りつく島もない彼の言葉に、母も私もただ黙り込むことしかできない。

柏原さんは、畳みかけるように言葉を続けた。

「青木社長には、二、三か月ほど当方の用意した場所で誰にも会わずに過ごしていただきます。その間は、ご家族にも居場所はお知らせしません。電話等の連絡も断っていただくようお願いしています」

「そんな……せめて電話くらいはさせてください」

ショックで言葉を失う母に代わり、私は柏原さんに縋るような眼差しを向ける。

父が起こしたという事件は決して小さなものではない。真田のおじ様にとって、この手のスキャンダルが致命傷になることも重々承知しているつもりだ。

けれど数か月もの間電話さえできないなんて、あまりにも乱暴ではないか。

私の言葉に、柏原さんはその眼差しを一切揺らすことなく口を開く。

「まだお分かりになりませんか？　これは相談ではなく報告です。すでに決まったことなのですよ。その辺りを、どうぞご理解ください」

まるで機械のように抑揚のない声色。何の容赦もなく吐き出される言葉を、母も私もただ呆然と受け止めることしかできなかった。

砂を噛むような時間が過ぎた後、私と母は去っていく尾藤専務と柏原さんを玄関先で見送った。

先にタクシーに乗り込む尾藤専務を見送ると、柏原さんが思い出したように私を振り返る。

「柚花さんにひとつお話を忘れていました。……少しよろしいですか」

訝しむ母を先に家に帰し、私は彼に誘われて歩いて五分ほどの公園へと向かった。

すでに夜も遅い時間になり、公園には誰もいない。遊具を照らす街灯が、しんとした冬の空気をさらに冷たく感じさせる。

「あの……何のご用でしょうか」

黙ったまま夜空を見上げていた柏原さんに切り出すと、彼の眼差しがスッとこちらに向けられた。無機質な、温度を感じさせない視線が私を捉える。

「単刀直入に申し上げますが、柚花さんは今後どうするおつもりですか」

「えっ……」

「明後日の結納のことですよ。まさかこのまま、何事もなかったようにはできないでしょう」

彼は淡々と言い放つと、小さくため息をつく。

「今回のことは、実はまだ真田には報告していないんです。もちろん恭輔さんにも伝えていません。今後の目途が立つまで誰にも言うなと、青木社長にきつく言われていましたから」

「お父さんが……」

「ええ。彼が起こした不祥事は取り返しがつかないほど重大ですが、さすがは人を束ねる立場にいらした方だ。きちんと立場をわきまえていらっしゃる」

柏原さんはそう言うと、つっと顎を上げて目を細めた。

「だから柚花さん、あなたも自分の立場をわきまえてもらえませんか」

「私の……立場、ですか」

「ええ。……困った人だな。まだ分かりませんか」

柏原さんはそう言い放つと、トレンチコートの内ポケットから煙草を取り出した。

慣れた手つきでその一本を咥えると、金属製のライターがかちりと乾いた音を立てる。細く長く煙を吐き出される煙が、風に乗って鼻先へ辿りついた。

「だから……もう無理でしょう？　あなたが恭輔さんと結婚なんて。ご自分でも、うすうす気づいていらっしゃいますよね」

「えっ……」

「まさか気づいてもいない？　これはこれは……途方もない箱入りだな」

柏原さんは吐き捨てるように言うと、吸いかけの煙草を地面に落として踏みにじった。憎々しげなその仕草に、心がひやりと冷たくなる。

「柚花さん、いい加減空気を読んでくださいよ。分かるでしょう。あなたが身を引いてくれなきゃ困るんですよ。どこが良いんだか……恭輔さんはあなたにご執心らしいですからね」

ぞんざいな言葉を吐きながら、柏原さんの表情が暗く澱んだ。

さっきまでの礼儀正しい姿ではなく、きっとこれが彼の本質。

無意識に後ずさりすると、狡猾な眼差しがにやりと笑う。

「心配しなくとも僕はあなたなんかに興味はないですよ。そんなことより、早く自分の立場を理解してください。良いですか。あなたのお父さんは公になっていないとはいえ、未成年と淫行を働いたんです。そんな恥さらしな父親を持つあなたが妻になったら、いったい彼にどれほどの迷惑を掛けるでしょうね」

柏原さんの言葉に、胸が針で刺されたように痛んだ。

彼に言われるまでもなく、そんなことは分かっている。けれど私も母も、まだ心のどこかで父を信じていた。

父は『すまない』と言ったけれど、自分の罪を告白してはいないのだ。

「これからのことは、恭輔さんと相談して……」

ぼんやりした頭でそう口にすると、彼が鼻白んだ表情を見せる。

「まだそんなこと言ってるんですか？　……さっきの写真、本当はあれで全部じゃないんです。もっとどぎついものだって……僕だって、これでもずいぶん気を使っているつもりですよ」

「えっ……」

囁くように発せられた彼の言葉に、心の中で何かが壊れた気がした。

縋っていた小さな絆があっけなく砕け、私は呆然とその場に立ちすくむ。

柏原さんは満足そうに微笑むと、首を傾げて私の顔を覗き込んだ。

「あなたの出方次第では、お母さんがもっと悲しむことになりますよ。そろそろこちらの配慮も、ちゃんと理解していただかないと困ります。はっきり申し上げますね。柚花さん、恭輔さんの前から消えてください。仕事も辞めたんだし、お父さんもお姉さんも行方不明なんだからちょうどいい。お母さんには実家にでも帰ってもらったらいかがです？　良家のお嬢さんだそうだから、生活には困らないでしょう」

柏原さんはそう言うと唇の端を引き上げて笑った。何もかもを取り去った、下卑た笑みだった。

「明日、今回のことすべてを真田に報告します。だから今夜のうちにけりをつけてください。……約束ですよ」

街灯の白い光の中に、柏原さんの笑顔の残像がまるで白昼夢のように張り付いていた。


柏原さんから逃れるように家へ帰ると、心配した母が門の前で待っていた。

安心させるように笑顔を作り、リビングに戻ってふたりソファーに腰掛ける。

「柚花、柏原さん、何のお話だったの？」

心配顔に曖昧に笑みを返し、私は思い切って母に切り出す。

「ねぇお母さん、明日からしばらくの間、おばあちゃんのところにお世話になったらどうだろう」

「えっ……どうして？」

「今回のこと、柏原さんは外部には漏れないようにするって言ってたけど、これからどんなことが起こるか分からないでしょ」

母に柏原さんとのすべてのやり取りを話すことはできなかったけれど、私はこれから父のスキャンダルが世間に知れ渡るかもしれないこと、そうなったらこの家にも誹謗中傷する誰かがやってくるかもしれないことなどを掻い摘んで話す。

まだ心の底で父を信じている母は最初家を離れることを拒んでいたけれど、言葉を尽くしてそれぞれが元気でいればまたやり直せることを伝えると、最後には私の提案を受け入れてくれた。

会社の実権を握りたくてしょうがなかった尾藤専務も、きっと今頃嬉々として重役たちにこのことを伝えているだろう。

もう時間がない。ここを出るのはなるべく早い方が良い。私は母を促し、当座の生活に必要な荷造りを始めた。目につく生活必需品をざっと詰めてしまい、衣類を選ぶために二階のクローゼットルームへ移動する。

「洋服も、最低限のものだけでいいね」

そう言いながら箪笥の引き出しを開けていると、フッと手を止めた母が和ダンスの上に置かれたたとう紙をじっと見つめているのに気づく。

中に入っているのは、結納で着るつもりだった母の振袖だ。

「……もう結納どころじゃないわね。ひとまず延期しないと」

「……そうだね」

本当は延期どころか破談だけど、意気消沈している母に本当のことは言えない。

母はしょんぼりと肩を落とすと、目に涙を溜めて言った。

「柚花……こんなことになってごめんね」

「そんな……お母さんが謝ることじゃないでしょう」

「でも……私たちが梨花と恭輔君を結婚させようとしなかったら、こんな風にはならなかった気がするの」

母はそう言って私の手を取ると、何度も何度も手の甲を擦ってくれる。

ずっと昔、まだ小さな子どもの頃から、母は悲しいことや困ったことがあるといつもこうやって手を握り、優しく擦ってくれる。

母のありったけの愛情を感じ、氷のように冷えた心に小さな灯りが点った気がした。

（そうだ。私には家族がいる。お父さんもお姉ちゃんも今は離れているけど、みんなそれぞれの場所で歯を食いしばって生きてる）

遠い異国の地へ渡った姉は元気だろうか。それに、抱えきれない重い荷物を背負って、ひとり耐えている父も。

「お母さん、これからどうなるか分からないけど、とにかく元気でいよう。そうすればいつかまた会える。みんな一緒に過ごせる日がくるよ」

「柚花……。そうね。私が元気でいないと、お父さんが帰ってきた時お世話できないわね。責任感の強いお父さんだから、きっとすごく苦しんでるはずだもの」

澄んだ目をした母の言葉に、鼻の奥がツンと痛くなる。
どんな咎を受けようと、きっと母は父を愛するだろう。
まるで当たり前のことのように。
果てのない愛情。どん底まで落ちてもなくならない信頼。いつか私も、母のように
無償の愛を注げる女性になれるだろうか。
「私も……もっともっと強くなる。お父さんを想うお母さんみたいに」
強くなりたい。家族を、恭輔さんを守れるくらい強く。
涙ぐむ母を促し、私はまた荷造りのために手を動かすのだった。

抱いてください

「……柚？」

インターフォンを鳴らすと、僅かな沈黙の後恭輔さんの声が聞こえた。エントランスの自動ドアが開くと、すでに停まっていたエレベーターに足早に乗り込む。

目的の階で扉が開くと、ちょうどエレベーターホールに恭輔さんがやってきたところだった。帰宅してくつろいでいたのか、Tシャツにスウェットパンツを身に着けたラフな姿だ。

「どうしたんだ、こんな時間に」

恭輔さんは驚いたように言って、ごく自然に私の肩を抱く。

「寒かっただろう。ここまでどうやって来たの」

「あの、タクシーで……」

「連絡をくれれば迎えに行ったのに。……入って」

彼の部屋はエレベーターホールからすぐの角部屋だ。彼に手を引かれて室内に入ると、ソファー前のテーブルにはコンビニエンスストアの惣菜が乱雑に並べられている。

「ごめんなさい。お食事中でしたか」

「今日は忙しくて夕食を摂り損ねたんだ。柚は？　もう夕食は済んだ？」

「いえ、私は……」

時刻はすでに午後十時過ぎ。あれから手早く荷造りを済ませ、食欲がないという母に無理やりスープとパンを食べさせて寝室に送ったが、そういう自分も何も喉を通らなかった。

母には『お風呂に入ってから食べる』と言って誤魔化したが、今も空腹を感じる状態ではない。

「そうか。じゃ、何か軽くつまめるものを……」

恭輔さんは私をソファーに座らせるとキッチンへ向かう。手持ち無沙汰で、私もコートを脱いで彼の後に続いた。

「何か食べられるものはあるかな」

言いながら冷蔵庫を覗き込む彼に、顔を近づける。

「卵とベーコン……野菜が少し。あと、トマト缶とか……」

「パスタはどうですか。私、作ります」

「いいな。それじゃ、俺も手伝うよ」

恭輔さんは嬉しそうに微笑みながら、パントリーから食材を出して作業台に並べる。

私も長袖ワンピースの袖をまくって手を洗い、調理を始めた。

まずはお湯を沸かし、みじん切りにしたにんにくや鷹の爪をオリーブオイルでじっくり炒めて香りを引き出す。焦がさないよう注意して手を動かしていると、すぐにキッチンは食欲をそそる香りでいっぱいになった。

「柚、俺は何をすればいいの？」

「食器を用意してもらえますか？　それと、パスタの見張りをお願いします」

「了解」

恭輔さんはどこか華やいだ表情で、てきぱきと私の助手をこなしてくれる。

そんな彼の様子に、私も自然に笑顔になった。

（恭輔さんのために料理をするなんて初めて。何だか嬉しい……）

まるで新婚夫婦のようなシチュエーションに、勝手に胸がときめいてしまう。

けれどそんな甘い妄想に幸せを感じるたび、これが最後なのだという残酷な事実を思い知らされる。

針で刺すような痛みを胸に感じながら、私は隣にいる彼に笑顔を向けた。

（今日のこの喜びを忘れないように。一生、思い出せるように……）

迫りくる別れの時間を感じながら、私は彼のために手を動かす。

トマトソースのパスタ、サラダとオムレツ。それにインスタントのスープでささやかな食事の準備が整うと、ふたり揃って「いただきます」を言った。

くるくるとフォークにパスタを巻きつけた恭輔さんが、ぱくりと口いっぱいに頬張る。ドキドキしながら見つめていると、甘い瞳を向ける彼が大げさに眉を上げた。

「旨いな。柚、これ俺の好きな味だ」

「本当ですか？　……良かった」

「ああ。サラダも……うん。うまい」

サラダなんて野菜を切っただけなのに。それにオムレツやスープも、恭輔さんはものすごい勢いで平らげてくれる。

（好きな人に料理を食べてもらうことが、こんなに幸せだなんて）

こんなに美味しそうに食事をする彼を見たのは初めてだった。彼につられて、さっきまで食欲がなかったはずの私も食事が進む。

ひとしきり料理を味わって食器を片付けてしまうと、恭輔さんがコーヒーを淹れてくれた。丁寧にドリップされた琥珀色は、この間とは違う少しビターな味わいだ。

お腹も満たされ、満ち足りた気持ちで豊潤な香りを楽しんでいると、隣に座った恭輔さんの長い腕がそっと肩に回った。

「柚は料理が上手いんだな。俺は、本当に幸せ者だ」

「上手くなんか……簡単なものしか作れません」

「俺が旨いと思うんだから、それでいいんだ。柚の作るものなら、何でも旨い。だから……一生作って」

最後は囁くように耳元で言われ、切なさで胸がいっぱいになった。

一生……それは、今の私にとっては途方もなく遠い、夢のまた夢だ。

黙り込んでしまった私に、恭輔さんはちょっと慌てたように言う。

「あ……今のは別に、一生家事をやれっていう意味じゃない。もちろん俺も、掃除だって、料理だってする。いずれ子どもができれば柚だって忙しくなるし……」

彼の甘い言い訳に、また胸がキュンと疼いた。

大切な人。愛しい人。どんな言葉でも、まだ足りない気がする。

私にとって恭輔さんは、たったひとりの特別な人だ。それは今も昔も、少しも変わらない。

恭輔さんは肩に回した方の手で、私の髪をひとしきりくるくると弄ぶと、ぎゅっと身体を引き寄せ髪に唇を寄せたまま言った。

「柚、もしかして何かあった？」

「えっ……」

「……いや。こんなに遅い時間に家を出てきて、おじさんやおばさんが心配してるんじゃないかと思って」

彼の言葉に、胸が痛いほど締め付けられる。

私を取り巻くすべてが以前とは何もかも変わってしまった。我が家と真田家との関係だって、きっともう修復することは不可能だ。

父はみんなの、おじ様の信頼を裏切った。

私にも、もう恭輔さんの隣にいる資格はない。

でも……この想いだけは、いつまでも変わることのない私の真実だから。

「恭輔さん」

「ん……何？」

「好きです」

私の言葉に、彼が息を呑んだのが分かった。

今まで、彼に自分の本当の気持ちを伝えられずにいた。

姉の許嫁だった彼に実らない恋心を隠し持っていたこと、家族や恭輔さん、それに自分自身の想いにも嘘をついていたことが苦しかったからだ。

でも、今日で永遠に会えなくなる恭輔さんにどうしてもこの気持ちを伝えたかった。

分かっている。

こんなのは卑怯だ。

だけど聞き分けのないわがままな恋心が溢れて……止められない。

私はそっと身体を離し、恭輔さんを正面から見つめる。

「柚……」

恭輔さんの黒い瞳が、深くとろみを帯びた。

闇のように底知れない、狂おしい情欲が彼の中に灯るのを息を潜めて見つめる。

「……もう帰った方がいい。送るよ」

恭輔さんは自分に言い聞かせるよう呟くと、視線を逸らして悩ましげに前髪を掻き上げた。その胸に、私はそっと手のひらを当てる。

「帰りません。私……ここにいたい。恭輔さんと一緒にいたいんです」

「ダメだ。これ以上一緒にいたら、俺は君を自分のものにしてしまいたくなる。柚、明後日には結納を交わして、君は俺の正式な婚約者になる。だからそれまで……そうだ、柚に見せたいものがある」

恭輔さんはそう言って腕を伸ばすと、ソファーの背に掛けられたコートのポケットから小さな小箱を取り出した。

「柚、開けてごらん」

促されて蓋を開けると中から肌触りのいいベルベットのジュエリーケースが現れる。

「これ……」

「うん。今日サイズ直しができたって連絡があったから、受け取ってきた」

丸みを帯びたケースの蓋を開けると、中にはきらきらと輝くダイヤモンドのリングが可憐に収まっている。

ついこの間、恭輔さんと一緒に選んだエンゲージリング。

永遠の愛を誓う無垢な輝きに、何の憂いもなかったあの日のふたりが、まるで遠い昔のように懐かしく思い出される。

「左手を出して」

言われるがままに差し出した薬指に、恭輔さんがするりとリングを差し入れた。

まるで肌に沿うように、そこが居場所のようにぴたりと嵌まった煌めきに、息ができないほど胸が締め付けられる。

「柚、綺麗だ。これを正式に君の指に嵌めたら……」

そんな日はもう来ない。その残酷な事実を恭輔さんは知らない。

危うげで切なげな、この上もなく美しい彼の言葉を、遮るように胸に飛び込んだ。

広くて逞しい温かな胸。私だけを包み込む偽りのない愛情。大切で堪らないすべてが、今夜で儚く消え去ってしまう。

「柚……どうしたんだ。今日の君はいつもとまるで違う」

「恭輔さん……」

「いつもより……ずっと綺麗だ」

ハッとして顔を上げた瞬間、彼の熱い唇が私のそれを塞いだ。

まるで食べられてしまうように、柔らかな粘膜が私の唇を覆い尽くす。飢えた獣のような、貪るような獰猛なキスが何度も私を襲い、私の思考を奪っていく。

いったいどれくらいそうしていたのだろう。

何度繰り返しても、キスは止まらない。……それだけでは、もう終われない。

「柚……もう……逃がしてやれない」

唇が離れた僅かな隙で、恭輔さんが言った。

その掠れた切なげな声が、また私の愛おしさを加速させていく。

「離さないで。……抱いて。抱いてください」

私の言葉を合図に、恭輔さんの逞しい腕が私を抱き上げた。

膝裏と背中に腕を回され、横抱きにされてリビングを出て行く。

恭輔さんは寝室の扉を乱雑に開け、部屋の真ん中にある広いベッドに私をそっと下ろすと、すぐにマットレスに膝を乗り上げてきた。

また始まるキスの嵐に、胸の鼓動が破れるほど高鳴っていく。

「んっ……ん……」

静かな部屋に、私と恭輔さんの狂おしい息だけが響く。

「柚……好きだ」

鼓膜を震わせる彼の囁きが、また彼への愛の実をひとつ膨らませていく。

柔らかな舌を絡め合って、互いを確かめて。息をするため離れるほんの僅かな時間さえ、もっと欲しくて……煽られる。

いつの間にか身に着けていたものが取り去られ、生まれたままの姿が彼の前に晒された。ダウンライトさえ点いていない暗闇の中、窓辺から差し込む月の光だけが私の肌を照らしている。

いつの間にか衣服を脱ぎ捨てていた彼の猛々しい裸体と眼差しが、月の光を帯びてさらに獰猛な光を増した。

「柚……綺麗だ」

支配的な視線が胸を捉える。じっとりと纏わりつくような眼差しの愛撫に、身体の奥に痺れるような甘い感覚が走った。

胸からお腹、そして爪先へ、視線はゆっくりと私の身体を辿っていく。

やがてまた私の瞳に映った愛しい人の眼差しが、狂おしく細められた。

「柚、君を愛してる。だから……君のすべてを愛させて」

「私も……恭輔さんが好きです。……離さないで」

たとえ仮初でも、せめて今夜だけは彼の奥さんになりたい。

身のほど知らずな願いで頼りなく伸ばした指先が、恭輔さんの長い指先と絡み合う。

「離さない。……もう君は、俺の妻だ」

彼の柔らかな唇がまた私のそれを塞ぐ。甘く狂おしい愛の絆が薄い肌を通じて私の中に流れ込んでくる。

彼の唇が、舌が、指先が私の敏感な場所を探し出しては甘やかし、溢れ出した蜜を吸ってはまた愛おしむ。

繰り返し刻み付けられる甘い刻印に、私の身体の細胞ひとつひとつが、また彼の色に染まっていく。恭輔さんを愛していると、叫んでいる。

やがて恭輔さんが、私の身体の一番奥に辿りついた。

開かれてそっと触れられ、固い蕾が柔らかく緩められていく。

「柚花……これから、君を俺の本当の妻にする。だから……俺を信じて。息をして、力を抜いて」

愛する人の甘い声が鼓膜を震わせた瞬間、恭輔さんが短く息を吐いた。

滾るような彼の情熱が溢れ出し、泣き出したいほどの喜びが身体を貫く。

（私……恭輔さんと……）

言葉にできない幸福が、私の瞳を潤ませる。

彼を愛している。彼の外には、何もいらない。

だから神様、今この一瞬だけは、私を彼の奥さんにしてください。

たとえそれが儚いまやかしでも、その一瞬だけを繋ぎ合わせて生きてゆけるから。

「恭輔さん……好き……好きです」

うわごとのように呟いた声に、恭輔さんが切なげに目を細めた。

堰を切ったように動く身体が、私の心を激しく揺さぶる。

この夜の先には、いったい何が待っているのだろう。

寂しさや孤独は怖くない。怖いものはひとつだけ。彼への想いを忘れてしまうことだけだ。

だから、私は決して忘れはしない。

この肌の温もりも痛みも、彼が与えてくれるものすべてが、彼への想いの道しるべだから。

月明かりの差し込む部屋で、恭輔さんの情熱は冷めることなく私を追い立てる。

別れの日、私は果てしなく続く長い夜を越えて、彼の愛を身体の隅々まで刻み付けるのだった。

遠い異国で

フランス・ブルゴーニュ地方の秋は、ブドウの収穫と共に始まる。

九月に待ちに待った収穫が終わると、遥かに続く広大な畑は秋の色へと急激に変化していく。

赤や黄色、黄緑やボルドー。紅葉を始める雄大な自然の風景は、まるでモザイク画を思わせる幻想的な美しさだ。

「セルジュの言った通り、やっぱりここからの景色が一番素敵だわ」

私はもう一度スマホを翳して、芸術的とすら思える田園風景にピントを合わせる。

セルジュに頼まれたのは、ホームページのトップを飾るための新しい画像だ。

今の時期はこの小高い畑からの景色が一番綺麗だと教えてもらってやってきたが、想像以上の美しさに、思わず見惚れてしまう。

ここでお世話になるようになってから、ホームページの更新は自然と私の仕事になった。

セルジュの家族はパソコン仕事が苦手だから、大学で少し学んだだけの私でも猫の手ぐらいにはなるようだ。

上空から強い風が吹き、ざわざわとブドウの葉が揺れた。

肌を刺すような冷気が肌に吹き付け、私はぶるりと身体を震わせる。

この土地では、ブドウの収穫が終わると急に気温が下がる。

迫りくる冬の訪れを感じて、私はフッと手に息を吹きかけた。

(今夜は寒くなりそう。そろそろ冬用の布団を出さなきゃ。紘輔《こうすけ》に風邪を引かせちゃう)

暮れなずむブドウ畑の風景をもう一枚撮り、私は足早に家路を辿る。

紘輔が生まれて、すでに二年四か月が経っていた。

最初は不安だらけだった出産や育児も、姉やセルジュのご家族に助けられてとても順調だ。

私は本当に幸運に恵まれている。特に行く当てもなく途方に暮れていた私を無条件で受け入れてくれたセルジュのご家族には、感謝してもしきれない。

だからこのドメーヌの役に立つよう、私にできる努力は何でもしようと思う。

(早く帰って夕食作りの手伝いをしよう。今日はお肉を解凍していたから、シチューかな)

セルジュのお母さんが作るフランスの家庭料理も、どれもほっぺたが落ちるほど美味しいものばかりだ。職人気質のお父さんはあまり多くは語らないけれど、私や紘輔を見る優しい眼差しにいつも温かな気持ちにさせてもらっている。

姉とセルジュにはまだ子どもがいないから、『紘輔が初孫だ』なんて、時々冗談とも本気とも知れない話が飛び出すくらいだ。

けれど……彼らの優しさに心から感謝するたび、心の片隅に針で刺すような鋭い痛みがじくじくと疼く。

(お父さんとお母さんは元気かな……)

私は遠く日本で暮らす両親に想いを馳せる。封印した記憶の糸を手繰り寄せる指先を、フッと焼け付くような激情の欠片が絡まってはすり抜けていった。

——離さない。……もう君は、俺の妻だ——

私の胸に、紘輔に良く似た誰よりも大切な人の面影が浮かんでは消えていった。

三年前、突然起こった父の不祥事で、私たち家族の生活は一変した。

あの後、父は急病という表向きの理由で青木製作所の社長を尾藤専務に譲り、専務と柏原さんの思惑通り長期療養生活という形で表舞台から姿を消した。

長年勤めたおじ様の後援会の代表も辞し、それも尾藤専務が引き継ぐ形となった。でもそれ以外のことは、今でも詳しくは分からなかった。何故なら、あの日以来、私は父に一度も会えていないからだ。

恭輔さんと最後の一夜を過ごした私も、翌朝、柏原さんと約束した通り彼の前から姿を消した。

実際は母と共に母方の祖母が持つ別荘に身を寄せていたのだが、それでもその時は、数か月後経てばまた家族三人でささやかに暮らせると信じていた。

しかし、そんな私の願いが叶うことはなかった。

恭輔さんと別れてひと月ほど経った頃、今度は私の妊娠が発覚したからだ。

連絡を絶った後、私にも母にも彼から数えきれないほどの着信があった。きっと彼のことだから、他にもありとあらゆる手段を使って私を探したのだと思う。

けれど私は、彼と二度と会うつもりはなかった。

たとえ父の事件を知っても、きっと恭輔さんは私を離すことはないだろう。どんな誹謗中傷にも怯まず、私を守り抱きしめてくれたに違いない。

けれど私は、彼が差し伸べてくれる手をどうしても取ることができなかった。

不祥事を起こした父の娘である私と関わりを持てば、今後、彼の将来にどんな傷がつくか分からない。

ただでさえ姉との縁談がなくなったことが噂になっていたのに、これ以上高い志に挑もうとしている彼に禍の種を植え付けることなど、万がひとつもあってはならない。

そう心に誓っていた私は、お腹の中に彼との命が宿ったことを知って途方に暮れた。

もちろん、この子は大切に育てる。けれど、絶対に彼に知られてはならない。いや、彼だけでなく、両親にも本当のことを伝えることはできなかった。

父と母が私の妊娠を知れば、きっと自分たちを責めるだろう。

重い十字架を背負った両親に、これ以上の心労は掛けられない。

そんな時、思いがけず救いの手を差し伸べてくれたのが姉だった。

姉はインターネットの小さな記事から父が病気で青木製作所の社長を辞したことを知り、私に連絡をくれたのだ。

恭輔さんとのことを何も知らなかった姉は最初はとても驚いていたけれど、セルジュと相談して私にフランスで子どもを生むことを提案してくれた。

このままではみんなが不幸になる。今はお互い別々の場所でそれぞれ懸命に生きた方がいいという姉の考えに同意し、私は誰にも告げずに密かに日本を旅立った。

渡仏後しばらくして母には姉と一緒にフランスで暮らしていることを報告してある

が、未だに紘輔を生んだことは言えずにいる。

騒動から三年経った今、父と母はふたりでひっそり母の実家で暮らしているが、私も姉もまだ父と直接やり取りできないでいる。

私たちにはもう何のわだかまりもないが、何より父本人が私たちとの接触を拒んでいるからだ。

心血を注いだ会社にも復帰はできていない。きっとまだ三年前の事件が父の心に暗い影を落としているのだろう。

あの後、父の不祥事が公になることはなかった。真田家に迷惑を掛けずに済んだことは不幸中の幸いだけれど、父とおじ様の関係はあの一件で完全に破たんしてしまったと母から聞いている。

本当に、あれから色んなことがずいぶん変わってしまったのだ。

それでも、希望に満ちた出来事だってちゃんとある。

恭輔さんのことだ。

もともと体調が思わしくなかった真田のおじ様に代わって恭輔さんが選挙に打って出たのは、私が去った翌年のことだ。

地元の期待を一身に背負って立候補した恭輔さんは、野党の擁立したタレント議員との一騎打ちを制し、見事に初当選を果たした。

今では若手の中でも活躍目覚ましい、期待の新人議員だ。

彼が目指す高い理想に向かって、大切な一歩踏み出せたことが何より嬉しい。

何の力にもなれないどころか迷惑ばかり掛けてしまったけれど、せめて彼が健康で望みを叶えられるよう、神様に祈りたい。

「まーま！」

小路から敷地へ入ると、レンガ造りの古い建物の中から小さな人影が弾かれたように駆け出してきた。私も掛け足になり、小さな身体を両手で抱き上げる。

「まま！」

私にしがみ付く小さな手。その力強さに、いつだって溢れんばかりの勇気をもらっている。大切な大切な、私の宝物。

「ただいま、紘輔。お利口さんにしてた？」

「こう、ふきふき、したよ」

「お掃除したの？　偉かったね」

紘輔の後ろから、姉の梨花とセルジュが笑顔で歩いてくる。

背の高い姉と二十センチほどの身長差があるセルジュは、栗色の髪と綺麗な緑色の瞳が印象的なハンサムなフランス人だ。

「コウはひとりでテーブルの上を片付けてくれたんだよ。ほんと助かる。ね、リンカ」

「ふふ、セルジュったら、紘輔にメロメロだから」

「俺だけじゃないよ。パパもマモンもコウをとっても愛してる。もう、食べちゃいたいくらいね」

セルジュはそう言うと、とろけそうな笑顔で『僕が一番愛してるのはリンカだけど』とフランス語で囁いて姉にキスをしている。

仲の良いふたりの様子に、自然に私も笑顔になった。

いつものようにラブラブのふたりを見た紘輔が、『僕はママを食べちゃいたいくらい愛してる』とたどたどしいフランス語で言いながら私の頬にキスをしてくれる。

穏やかで優しい、幸福なひとときだ。

　みんな揃っての楽しい夕食を終え、入浴を済ませて紘輔を寝かしつけてしまうと、姉とセルジュがリビングへ誘ってくれた。

「コウは眠った？」

「はい。もうぐっすり」

「そう。今日はパパの手伝いを一生懸命やってくれたから、疲れたんだろうね」

セルジュはそう言いながら、席に座った私のグラスにカルヴァドスを注いでくれる。

カルヴァドスはフランスのノルマンディー地方で作られる、林檎を原料にした蒸留酒だ。日本風に言えば林檎で作ったブランデーというところだろうか。

ウイスキーやブランデーよりも甘くて飲みやすいけれど、アルコール度数は四十度以上。調子に乗って飲みすぎると後で大変なことになってしまうから、私は甘く豊潤な液体を少しずつ口に含む。

フランスの人たちにとってカルヴァドスはパーティーや食事終えた後、もう少しゆっくり余韻を楽しみたい時によく登場するお酒らしい。

あまりお酒は強くないけれど、私も紘輔の授乳を終えた頃から少しずつ飲ませてもらって、今ではみんなとこんな時間を楽しめるようになった。

(美味しい。それに、何だか心がホッとする……)

グラスの中でとろりと揺れる琥珀色を楽しんでいると、私を見つめながら姉がしんみりした口調で言う。

「紘輔が生まれてもう二年か……。あっという間だったけど、柚のお産も軽かったし、紘輔に大きな病気もなくて本当に良かった」

「うん。紘輔も私も、ここでの暮らしが合ってるみたい」

姉に答えながら、私たちがこうして穏やかに暮らせるのも姉やセルジュのご家族が助けてくれたからだと、改めて思う。

「セルジュ、お姉ちゃん、本当にありがとう。このご恩は一生忘れません」

私が頭を下げると、セルジュはただ優しく笑って頷いてくれる。

姉の夫となったセルジュはとても大らかで優しい人だ。決して押し付けがましくはないけれど、私や紘輔が居心地よく暮らせるよう、いつも繊細な気配りをしてくれる。それはセルジュのご両親も同じで、見知らぬ土地で子どもを生んだ私をいつも温かな優しさで包み込んでくれる。

いつか自分の足で立てるようになったらこの人たちに恩返しをしたいと心から思う。

「チーズも持ってこようか。ちょっと待ってて」

妻の頬に小さなキス落として、セルジュが席を立った。

キッチンへ向かう後姿を見つめながら、姉がふぅっと小さなため息をつく。

「私がこうしてセルジュと幸せに暮らせるのは、柚のお蔭だよ」

「お姉ちゃん……」

「柚、私ね、今すごく幸せなの。だから時々、あの時柚が背中を押してくれなかったらどうなってただろうってすごく怖くなる。そう思ったら、柚と紘輔はこのままで良いのかなって思うの」

姉は言葉を切ると、意志の強そうな大きな瞳でじっと私を見つめた。

「お父さんとお母さんのことだって、ずっとこのままにはしておけない。尾藤専務……叔父さんのことだって、何か裏があるような気がしてならないの。だってあの真面目堅気のお父さんが、女子高生と何かするなんて考えられないもの」

姉はそう言うと、悔しそうに唇を噛んだ。

姉の気持ちは痛いほど分かる。私だって、今でも父がそんな卑劣なことをしたとはとても信じられない。

けれど父を信じようとすればするほど、柏原さんに見せられた写真が目に焼き付いて離れない。それに彼は『奥さんには見せられない、もっとどぎついものだってある』と言ったのだ。母にも姉にも言えない残酷な現実に、私は思わず唇を噛みしめる。

黙り込んだ私に気づき、姉は改まったように背筋を伸ばした。

「私、年末に一度日本に帰ろうと思う。ちょうど日本でうちのワインを出品するイベントもあるし、いい機会でしょう?」

「えっ……お姉ちゃん、本当に？」

私は先日夕食の席で、日本で行われる大規模なワインのイベントの話題が出ていたことを思い出す。

今回のイベントではフランス以外の国のワインも多く出品される。こんな機会はそうないから、勉強のために行ってみてはどうかとセルジュのお父さんも姉たちに熱心に勧めていたはずだ。

（お姉ちゃんが日本に……）

姉の元気な顔を見られれば、父も母もどんなに喜ぶだろう。

希望に胸が高鳴り、私は思わずテーブルの上の姉の手をぎゅっと握った。

「セルジュも一緒に行くんでしょう？　お姉ちゃんが素敵な旦那様と幸せに暮らしていることを知ったら、お父さんたちも喜ぶよ。良かった……何だか私もすごく嬉しい」

姉は笑顔で私の手を握り返すと、言葉を続ける。

「それで……柚と紘輔も私たちと一緒に行かない？　実はセルジュのご両親が、柚の旅費は自分たちが出すから、一度ご両親に紘輔の顔を見せてあげたらどうかって言ってくれてるの」

「えっ……」

思いがけない姉の言葉に、私は思わず口ごもる。

もちろん私だってすごく両親に会いたい。可愛い盛りの紘輔を会わせて、その腕に抱いてもらいたい。

でも……。

私は唇を噛みしめてそっと手を引っ込める。すると姉の力強い手が、今度は私の腕を掴んだ。

「それに……恭輔のことだって。やっぱりこのままじゃダメだと思う。紘輔のパパは、どうしたって恭輔なんだもん」

「お姉ちゃん……」

「本当のことを言うと私、柚がもしかしたら恭輔のことを好きなんじゃないかって思ったことが何度かあったの。でも確信が持てなかった。それにもしかしたら自分の都合の良いように考えてるだけじゃないか、柚に恭輔との結婚を押し付けたいだけじゃないかってどうしても口にすることができなかったの。でも今は、そのことをすごく後悔してる。だって最初から柚と恭輔が婚約していれば、こんなことにはならなかったもの。だからもう絶対に後悔しない。柚にも、後悔させたくないの」

姉は瞬きもせず、凜とした大きな瞳を私に向ける。意志の強い、私たちの自慢の眼差しだ。眩しすぎる姉の眼差しを受け止めた後、私はフッと睫毛を伏せる。

「……私だって、恭輔さんへの気持ちをみんなに隠してた。……ごめんね」

「柚……」

「でも、やっぱり、まだ日本には帰れない……。セルジュのご両親の気持ちは本当に嬉しいの。ね、きちんとお礼を伝えてね。私も、フランス語で頑張って伝えるけど」

姉の切なげな眼差しが私を見つめている。私は彼女に向かって微笑むと、「セルジュを手伝ってくるね」と言って席を立つ。

三年前、混乱と絶望の中に置き去りにしてしまった両親は、あの後どんな日々を過ごしたのだろう。

両親だけではない。身勝手な私が放り出した様々なものは他にもある。

いくつもの、とても大切なもの。

そのひとつひとつに向き合うには、まだ時間が足りない。もっと強くなって……せめて紘輔をひとりで守れるようになるまで、日本には……彼には会えない。

キッチンから戻ってきたセルジュが、とりどりのチーズをのせた純白のお皿を私たちの前に置いてくれる。

途切れなく降り注ぐ柔らかな秋の陽射しのようなセルジュの優しさに、姉の旦那様が彼で良かったと心から思う。

「柚、今夜はもう少し飲もうか」

フッとため息をついた姉が、カルヴァドスのグラスを掲げた。

応えるようにグラスを掲げ、穏やかな秋の夜が静かに更けていった。

翌週、私と紘輔は姉とセルジュに連れられてボーヌという町にやってきた。

「わぁー」

普段とは違う華やかな景色に、紘輔の黒い瞳がきらきらと輝いている。

車を駐車場に停めて町に繰り出すと町の至る場所に多くの屋台が並び、中世の衣装を身に着けた人たちや観光客など大勢の人たちで賑わっている。

ブルゴーニュの中心に位置するこの町では、毎年十一月にワインのお祭りが大々的に開催されている。

『栄光の三日間』とも呼ばれるこのお祭りは、世界的に有名なワインの祭典だ。

期間中は数えきれないほどのワインを試飲できるテイスティングや、大道芸やパレードなど盛りだくさんのイベントが開かれる。

国内外からの観光客も多いから、普段はのんびりしたこの地域もこの時期ばかりは多くの人たちで溢れている。

「それじゃ、二時間後にまたここで。人が多いから、紘輔の手を離さないようにね。何かあったら電話して」

「うん。じゃ、また後で」

ワインのテイスティング会場に向かう姉とセルジュを見送り、私は紘輔の手を引いて露店やパレードを見て歩く。

露店には温かな湯気を上げる大きな鍋や手作りの民芸品などが並び、見ているだけで楽しい。それに広場では音楽を奏でる人たちの周りでダンスをする人たちもいて、私と紘輔も輪に誘ってもらって、見よう見まねで身体を動かした。

ひとしきりダンスを踊ってみんなに別れを告げ、石畳の隅で持参したお茶を飲みながら紘輔とひと休みする。

「あっ、まま、みて！」

紘輔が何かを見つけて走り出した。

見ると少し離れた広場で、大道芸人によるパントマイムが始まっている。

見物しようと集まる人たちの輪がみるみるうちに大きく広がり、紘輔の小さな身体が人ごみに紛れて見えなくなった。

「紘輔……！　待って、走らないで！」

慌てて後を追ったものの、後から後から集まってくる人波に押されて上手く身体が前へ進まない。

紘輔の姿を完全に見失ってしまい、私はパニックになって人ごみを掻き分ける。

「すみません、通して……紘輔！　紘輔……！」

こんな人ごみでまだ二歳の紘輔が迷子になってしまったら、取り返しのつかないことになるかもしれない。不安で胸が潰れそうになり、私は声の限りを尽くして紘輔を呼ぶ。

するとその時、頭の上から「まま！」と叫ぶ聞き慣れた声が聞こえた。

ハッとして振り返ると、輪から少し離れた場所で男の子を肩車している背の高い男性の後姿が目に入る。

「ままーっ」

「紘輔……っ」

良かった。無事だった。

潰れそうな胸を押さえて駆け寄ると、紘輔が私に気づいて振り返った。

「まま……」

「紘輔、ひとりで走ったらダメでしょう。ママびっくりした……あの、どうもすみません……」

安堵しながら手を伸ばす紘輔を手に抱き取り、男性にお礼を言おうと顔を上げたとたん、喉の奥でひゅっと息が詰まって言葉を失う。

（まさか。どうして彼がこんなところに……）

どくどくと心臓が大きな音を立てていた。血液が逆流するような衝撃が、私の全身を襲う。

私の顔を見た彼も、目を大きく見開いたまま動かない。長いのか短いのかすら分からない時間が過ぎ、ようやく彼の口から絞り出すような声が聞こえた。

「柚……」

懐かしい声。懐かしい眼差し。会えずにいた時間は年月以上に彼を成熟させて、端正な顔立ちに以前のような青年らしさは感じられない。

その代わり落ち着いた知性としなるような強靭さが、彼の持つカリスマ性をさらに際立たせている。

「恭輔さん……」

私が思わず口にした名に、彼がハッと正気を取り戻した。大きく息を吸い、鋭い目つきで私を正面から真っ直ぐに見つめる。

「柚……本当に柚なんだな？　今までいったいどうしてたんだ。こんなところで何をしている」

彼の眼差しが強く煌めき、きょとんとした顔をした紘輔にゆっくりと視線が移っていく。

（いけない、気づかれてしまう）

私は思わず紘輔を抱え込むように抱きしめ、彼に背を向けた。すると恭輔さんは、苛立ったように私の正面に大きな身体を割り込ませる。

「柚……その子どもは君の子なのか。さっき、ママと呼んでいたな。誰かと……結婚したのか。柚、こっちを向いて答えるんだ」

恭輔さんは強引に私の両肩を掴んで自分の方へ向かせると、目を逸らす私の顔を大きな手で押さえ込んだ。

懐かしい大好きな瞳に見つめられ、胸が張り裂けそうになる。

「やめて……離して……」

「嫌だ。離さない」

「恭輔さん……」

すぐ目の前にある端正な顔が、止まらないやるせない涙で滲んでいく。

すると恭輔さんは、底知れぬ闇のように黒く澱んだ眼差しで私をじっと見つめた。

陰鬱で冷酷。私の知るものとはまるで違う眼差しに、胸が切り裂かれるように痛む。

「この三年、君は俺がどんな思いで過ごしてきたのか分からないだろうな。愛する人から捨てられ、絶望のどん底で今度は父が病に倒れ……生きる希望すら失っても、心の底に残った僅かなプライドに縋って生きている。惨めで空っぽな男を、その虫も殺さない顔の下で笑ってるのか」

恭輔さんの言葉に、私の目から身勝手な涙が溢れ出した。

彼の言う通りだ。私は心から愛し愛された人を置き去りにした。でもあの時、それ以外に何ができたというのだろう。

どうしようもない涙が、私の頬をさらに濡らした。すると胸に抱いていた紘輔が、その小さな腕を振り回して私の腕から逃れる。

「ままっ……やめてっ……」

石畳に下ろすと、小さな身体を恭輔さんの足に体当たりさせて強くしがみ付いた。

「紘輔……っ」

「いじわるっ……めっ……」

いくらやめさせようとしても、紘輔は恭輔さんの長い脚にしがみ付いたまま離れない。そして次の瞬間には、彼の脛の辺りにかぷりと噛みついた。

「なんだっ……こらっ……痛っ……」

「紘輔、やめなさい。離れて……っ」

慌てて引き離そうとしたものの、紘輔は頑として離れない。

涙も忘れてあたふたとしていると、業を煮やした恭輔さんが紘輔の身体をがしりと掴んで抱き上げた。

「わぁっ」

恭輔さんは手足をバタバタさせて暴れる紘輔を軽々と目の高さまで抱き上げると、顔を近づけてじっと目を合わせる。

「お前、ママを守ってるつもりか」

「いじわるっ……だからっ……」

「ふぅん、お前、結構根性あるな。それに、良い目をしている」

恭輔さんはしばらく呆れたように紘輔を見ていたけれど、やがて何かに気づいてハッと目を見開く。

「お前、何歳だ」

「コウ、にしゃい」

「名前はこうすけ、と言っていたな」

確信めいた彼の眼差しがゆるゆると緩み、紘輔を包み込むように細められた。漆黒の眼差しがゆっくりと瞬き、歓喜の光が宿る。

やがて流れるように揺れた視線が、私を強く見据えた。

「柚……そういうことか」

彼の言葉に、全身にわななくような衝撃が走った。

(気づかれてしまった。紘輔が彼の子どもだということを)

それでも、紘輔を抱く彼の腕がこんなにも優しいことに、喜びが溢れて止まらない。

逃れられないのだ。どんなに自分に嘘をついても、私の心は未だに彼に囚われたま
ま。三年前と少しも変わっていない。

(私、恭輔さんのことが、今でもこんなに好きだ……)

ずっと押し込めていた感情が、堰を切ったように溢れて流れ落ちる。

恭輔さんの身体が私に近づく。そして、片方の腕で紘輔を抱いたまま、もう片方の
手のひらで私の頬の涙を拭った。

温かな手のひらは三年前より揺るぎなく、そして逞しい。

凍てつくような孤独も胸の痛みも、この手が一瞬で癒してしまう。

「ひとりで生んで……育ててくれたんだな」

低く穏やかな声が私と紘輔を包み込む。

「やっぱり君は、今でも俺の妻だ。もう二度と離れない。……離さない」


それから恭輔さんは、再び落ち合った姉やセルジュと一緒にセルジュの実家へやってきた。

突然の訪問者にセルジュの両親は驚いていたけれど、あまりに瓜ふたつの顔立ちに、すぐに彼が紘輔の父親だと悟って温かく迎えてくれた。

恭輔さんは私と事情があって離れ離れになっていたこと、妊娠を知らなかった自分に代わって私や紘輔を守り慈しんでくれたことへの謝罪と感謝を、誠実な態度でみんなに伝えた。

言葉を尽くして必死で何度も訴える、その誠意が伝わったのだろう。最初は憮然としていたセルジュも、彼を見送る頃には優しい笑顔を見せてくれた。

「でもまさか、偶然町で会うなんて……縁って不思議だね」

慌ただしく過ぎた一日を終え、ベッドで丸くなって眠る紘輔を眺めながら、姉が深いため息をつく。

「恭輔、ワインフェスティバルの視察で来てたんだってね。あれ、たしか政府も協賛してたから」

「うん。今日の午後はたまたま自由時間だったんだって。本当は明日の午後の便で帰る予定だったけど、明後日に変更したって」

恭輔さんと姉の再会も、婚約破棄して以来、初めてのことだ。

その割にあっけらかんとしているふたりの関係は、以前恭輔さんに聞いていた通りどちらかというと同性同士の友人、という方がしっくりくる。ふたりは連絡先こそ交換していたようだったが、それ以外、話し込む様子はなかった。

もっとも、セルジュは最愛の姉を奪う恋敵だった恭輔さんに、最初は警戒心を露わにしていたようだったけれど。

（でも、お姉ちゃんの身代わりになった日から、本当に色んなことがあった……）

たった三年前のことなのに遠い昔の出来事のように思えて、私は頼りなく息を吐く。

恭輔さんは夜にまた会合があるからと一旦帰って行ったけれど、今後のことを相談するため、仕事の後また連絡をくれるという。

一度は途切れたと思っていた彼との縁。それがまたこんなにも確かな絆で繋がるのが不思議だった。まるであらかじめ決まっていたことのように。

「紘輔も何だかはしゃいでたよね。やっぱり、血の繋がりが分かるのかな……」

姉はすやすやと寝息を立てる紘輔の髪をそっと撫でている。その優しい手つきに、思いやりに包まれていたここでの暮らしが走馬灯のように思い出される。

「それで……柚、やっぱり恭輔と一緒に日本に帰るの?」

姉の問いかけに、私は黙って頷いた。

「うん。恭輔さんがどうしてもそうして欲しいって。私、恭輔さんの望み通りにしようと思う」

そう答えながら、脳裏にさっき見送った時の彼の不安げな顔が思い出される。

迎えの車に乗り込もうとした恭輔さんは、何かに気づいたようにハッとして私に近寄り、耳元で『柚、もう二度と黙っていなくならないで』と苦しげに言ったのだ。

ボーヌで再会した時の彼だって、見たことのない暗い翳りを纏っていた。

あの別れが彼にどれほどの苦しみを与えたのか。自分の犯した罪の深さを思い知り、胸が切り裂かれるように痛む。

「そっか。柚が決めたんならもう何も言わない。でも……あまり無理はしないで」

心配そうに言う姉に小さく頷き、私は紘輔の柔らかな頬にそっと触れる。

日本に戻ることに不安がないと言えば嘘になる。

問題は何も解決していないのだ。きっと簡単にはいかないことも多いだろう。

でもこうしてまた彼と出会えた運命に、もう抗うことはできない。

——もう二度と離さない。離れない。

そう告げた彼の熱っぽい眼差しが、目に焼き付いて離れない。

あの頃と変わらない、いやそれ以上に募る彼への想いに、もう嘘はつけなかった。

「お姉ちゃん……勝手なことばっかりしてごめんね」

思わず呟くと、紘輔に触れていた姉の手が今度は私の髪をそっと撫でた。

そしてふわりと身体に腕が回る。ぎゅっと抱きしめられると、柔らかな姉の匂いが私を包み込む。

「馬鹿ね。柚は柚が思う通りに生きればいいの。もう恭輔の手を離しちゃダメだよ。

……っていうか、あいつが放さないか」

そう言って、姉がクスリと笑う。

ブルゴーニュの晩秋の夜は、私たち姉妹に優しく更けていった。

二度と離れない

シャルル・ド・ゴール空港を飛び立って、日本への旅は約十二時間だ。

午後三時に日本に到着してから、入国手続きを終えてタクシーで恭輔さんのマンションに着いた頃にはもう夕方というには遅い時間になっていた。

「柚、入って」

荷物を運び込んだ恭輔さんが、紘輔を抱っこした私のためにドアを押さえてくれる。

緊張したまま部屋に足を踏み入れると、三年前と少しも変わらない空間が私を迎え入れてくれた。

懐かしさと共に込み上げてくる激しい感情に、心がぎゅっと締め付けられる。

「疲れただろう。柚、先にお風呂に入っておいで」

手早く浴室の準備をしてくれた恭輔さんが、私の手からぐっすり眠る紘輔を受け取ってくれる。

「でも、恭輔さんは？」

「俺は後でいいから。取りあえず俺のバスローブを使って」

彼に背中を押されてバスルームへ向かうと、広い浴室はラベンダーの香りで満たされている。

(私、本当に日本に帰ってきたんだ……)

バスタブに身体を沈めながら、私はぼんやりと考える。

(これから、私と紘輔はどうなるんだろう……)

フランスで紘輔の出生手続きは行っているけれど、日本で暮らすなら、また新たな手続きが必要だろう。その他にもこれから始まる暮らしのためにやらなければならないことがたくさんある。

(でも、もう後戻りはできない。私はもうひとりじゃない)

紘輔のためにも、もう逃げることはできない。したくない。

大切な我が子と恭輔さんの顔を思い浮かべ、私は新しい生活を始める覚悟を決めるのだった。


手早く髪を乾かしてリビングに戻ると、紘輔はラグの上に敷かれた小さな布団の上で眠っていた。安らかな寝顔を見つめていると、キッチンで片付けをしていた恭輔さんがそっと寄り添ってくれる。

「お風呂、お先にいただきました」

「うん。……紘輔、まだよく眠ってるな。起こさなくて大丈夫か」

「はい。たぶんもう少ししたら、お腹を空かせて起きると思います」

そう答えると、恭輔さんはホッとしたように表情を緩める。

「それじゃ、俺も風呂に入ってくる」

どこかぎこちない余韻を残して恭輔さんがバスルームへ行ってしまうと、私はスーツケースを開けて荷物の整理を始めた。すぐ必要になる紘輔の着替えなどを、パッキングした袋から出して部屋の隅に置かせてもらう。

もともとたくさんの荷物は持っていなかったけれど、急な帰国で準備が間に合わず持ってこられたのは必要最低限のものだけだ。けれど何故だか、心は満たされていた。

恭輔さんの部屋に紘輔がいて、私がいて、それに……。

「柚、お腹はどう？　何か食べられる？」

入浴を終えた恭輔さんが、無造作に髪を拭きながらリビングに戻ってきた。その声に、眠っていた紘輔の目がぱちりと開く。

「おっ、起きたのか。紘輔、ご飯を食べようか」

小さな手を伸ばし、機嫌よく彼に抱き上げられる我が子を夢のような気持ちで見つめた。

　そうだ。ここには恭輔さんがいる。

　だからもう、他には何もいらないのだ。


「柚、紘輔は何を食べるのかな。ちょっと冷蔵庫を見てみて」

　恭輔さんが紘輔を抱っこしたまま、キッチンから私を呼んだ。

　彼の側に近寄って、促されるまま冷蔵庫を覗き込む。

「わぁ、すごい」

　庫内には生ハムにソーセージにチーズ、サラダやマリネ、それにロールキャベツやローストビーフなど、すぐにでもパーティーが開けそうな食材がぎっしり詰まっている。

　それに紘輔が喜びそうな飲み物やプリンやゼリーなども、たくさん入っていた。

「恭輔さん、これ……」

「ああ。実は向こうから母親に頼んだんだ。今日柚と紘輔を連れて帰るから、何か食べられるものを買っといてくれないかって」

「えっ……」

おじ様やおば様とも、三年前気まずく別れたきりだ。

その上勝手に子どもまで生んだ私を、おじ様やおば様は許してくれるだろうか。

思わず心配顔になってしまった私に、恭輔さんが優しく微笑む。

「勝手なことをしてごめん。でもあまり時間がなかったし……それに両親にも、柚や紘輔のことを早く知らせたかった」

「恭輔さん……」

「この冷蔵庫の中と……後で寝室を見れば分かると思うけど、母はすごく喜んでる。君のことを本当に心配していたからね。でも……ったく、よく一日二日でここまで用意したなと思うよ」

恭輔さんはそう言うとクスリと笑い、紘輔を抱いたまま私の額にそっと唇を押し付ける。

「大丈夫だ。もう柚は何も心配しなくていい。これからは俺がいるから」

身体を屈めて、漆黒の瞳が切なげに私を覗き込む。

一緒に笑顔を向ける幼気な眼差しは、目の前の大切な人に本当に良く似ていた。

おば様の用意してくれたご馳走をテーブルに並べると、紘輔は目を爛々と輝かせながらご馳走に手を伸ばした。飛行機の中ではあまり食べていなかったから、ここへきて一気にお腹が空いたのだろう。

恭輔さんは隣でパクパクと料理を平らげる紘輔を、目を細めて見つめている。

「コウ、これも食べる！」

チキンに噛り付いた紘輔が、口の中をいっぱいにして顔を膨らませた。

それを見た恭輔さんが、慌てたように小さな身体を膝に乗せる。

「こら、そんなに急いで食べるな。ちゃんと噛んで、水分も摂れ。かみかみ、ごっくんだ」

「んん、かみかみ、ごっくん」

世話をしてもらえるのが嬉しいのか、紘輔は彼の膝の上に大人しく座っている。

コップでお茶を飲ませたり、汚れた口を拭いてくれたりと甲斐甲斐しくお世話をしてくれる恭輔さんに、胸がホッと温かくなる。

そのどこかおぼつかない手つきすら嬉しくて、思わず涙が零れそうになった。

「柚も……ちゃんと食べろ。紘輔の世話は俺がするから」

「はい……ありがとうございます」

幸せな時間に胸がいっぱいになりながら、私はおば様の用意してくれたご馳走を口に運ぶ。

止まっていた恭輔さんと私の時間が、また新たに時を刻み始めた気がした。

たらふくご馳走を食べてお腹がパンパンになった紘輔はしばらくご機嫌で恭輔さんと遊んでいたけれど、やがてラグの上に転がって動かなくなった。

ホッとした表情を浮かべて、恭輔さんが紘輔の側に腰を下ろす。

「本当に、電池が切れたみたいに寝るんだな」

恭輔さんは優しい笑顔で寝顔を覗き込むと、そっと紘輔の頬を撫でる。

「風呂には入れなくていいの?」

「はい。今日はもうこのまま寝かせます。身体だけ拭いて着替えさせますね」

そう言って私が着替えを用意していると、キッチンへ向かった恭輔さんが蒸しタオルを用意して持ってきてくれた。そして起こさないように服を脱がせた紘輔の身体を、丁寧に拭き始める。そのあまりの手際の良さに、私は思わず目を見張った。

「すごい。恭輔さん、何だか手慣れてる」

「実は帰りの飛行機の中でちょっと調べたんだ。これからは俺も手伝うよ。仕事で時間が取れない時も多いだろうが、今まで苦労をさせた分、柚にも紘輔にも俺にできることなら何だってするつもりだ」

「恭輔さん……」

思いもよらない彼の言葉に、思わず涙が溢れてしまう。そんな私に、恭輔さんが困ったように微笑んだ。

「ほら、柚、紘輔にパジャマを着せてやって。このままじゃ風邪を引く」

彼に促され、紘輔の小さな身体に柔らかなネルのパジャマを着せてやる。

その安らかな寝顔に、私の心にまた新たな幸せが溢れてくる。

恭輔さんはすっかり寝入ってしまった紘輔を抱き上げると、寝室へと向かった。

部屋に入ると、以前は真ん中に配置してあったキングサイズのベッドが横にずらされ、見慣れないシングルサイズのベッドが隣にぴったりと隙間なく並べられている。

ベッドの端には転落防止の柵が取り付けられていて、ひと目で紘輔のためのものだと分かった。それに、リネンも以前とは違って優しい花柄で統一されている。

(これも、おば様が用意してくれたんだ……)

どこもかしこも、部屋中が私と紘輔に対する優しさで溢れている。無条件に注がれる愛情を感じて、また涙が溢れてしまう。

恭輔さんはベッドに紘輔をそっと横たえると、小さな羽根布団を優しく掛けた。

「おやすみ、紘輔」

恭輔さんは眠っている紘輔に優しく呟き、私の手を引いてリビングに戻る。

その間も、涙は中々止まってくれなかった。三年前別れを決めた時も、フランスで紘輔を生んだ時だって泣かなかったのに、堰を切ったように溢れた涙は次から次へとぼろぼろとこぼれ出す。しゃくりあげるように息がひきつれ、息ができなくなった。

「柚、こっちにおいで」

恭輔さんの腕が身体に回り、引き寄せられる。

ふたり並んでソファーに座ると、強い力で抱きしめられた。

「柚、もういいから、そんなに泣くな」

「だって……私、おじ様にもおば様にも何の挨拶もしないで……」

おじ様やおば様だけじゃない。私は恭輔さんやだって、何も告げずに姿を消した。

私にとって永遠に思えたあの夜、この部屋で彼にすべてを捧げて、その思い出だけを食べて生きていこうと思っていた。

でも、そんな独りよがりな私の行動が、どんなにみんなを傷つけただろう。……どんなに恭輔さんを苦しめただろう。

「ごめ……んなさ……」

「柚……」

「わ、私……」

言葉が上手く伝えられない。どういえばいいのか分からない。

今だって、あの時の私がどうすれば良かったかなんて決められない。

ただひとつ分かっているのは、もう彼と離れられないということだけ。彼を愛しているということだけだ。

「柚、もういいから、泣き止んで」

柔らかな唇が濡れたまぶたに触れ、彼の甘い囁きが肌をくすぐる。

「じゃなきゃ……このまま君を抱いてしまうよ」

答えを待たずに、彼の唇がそっと私の唇に重なった。私の涙で濡れた唇は、しっとりと唇の中で溶けていく。熱く燃えるような彼の情熱で、とろりととろけていく。

苦しいほど締め付けられていた胸の痛みが、柔らかな舌の感覚と共に薄れていった。

代わりに、とめどなく与えられる刺激が私の心を潤していく。

「ん……」

泣きすぎてくったりとした身体がふらりとソファーに倒れ込んだ。私の唇を追ってきた恭輔さんの逞しい身体が、私の身体に重なる。懐かしい彼の体温が、薄いシャツを通じて伝わってくる。

「んっ……ふっ……」

私を求める激しい熱。口内を余すところなく味わう獰猛な口付け。

残酷ささえ秘めた彼の執拗な愛撫に、ただすべてを開いて受け止める。

深くて濃いキスを交わしながら、恭輔さんの手がもどかしげにカットソーのボタンを外していく。

胸元をはだけさせて背中に指先を滑らせ、すぐにするりとブラが取り去られた。

「あっ……」

何もつけていない、裸の胸が彼の目の前に晒される。恥ずかしさにハッと手を当てると、強引な仕草で手首を掴まれソファーに縫いとめられてしまった。

薄く色づいた先端は、まるで彼を誘うようにツンとその存在を主張している。

「あ……灯りを……」

蛍光灯のついたリビングでは、何もかもがはっきりと晒されてしまう。あまりの恥ずかしさに目を背けると、恭輔さんのいつもより低い声が耳元に落ちてくる。

「俺は……このままがいい。俺に抱かれて柚がどんな顔するのか、どんな風に色づくのかを見たい」

「や……」

「見せてくれ。柚の顔、ずっと夢でしか見られなかったから」

恭輔さんはそう言うと、私の胸に顔を埋める。

そして柔らかな部分を食むように唇で何度か挟むと、敏感な部分を口に含んだ。

狡猾な舌先に翻弄され、感じやすい蕾に与えられる刺激がさざ波のように全身に広がっていく。

「可愛いな。……それに、美味しい」

彼の唇が、柔らかな素肌を滑り落ちていく。ちゅ、ちゅっと音をさせながら、私の身体をくまなく味わっていく。

切ない声を上げながら、私はいつの間にかすべてを脱ぎ捨てていた彼の逞しい背中に縋り付く。

「柚……もっと声を聞かせて」

恭輔さんはそう呟くと、私の中に顔を埋めた。

突然与えられた未知の刺激に、荒れ狂う激しい波に攫われる。

痺れるような疼きが身体の奥から沸き上がり、溢れて、ひっきりなしに甘い声が喉から漏れる。

その声に呼応するように、彼の舌がますます激しく私を攻め立てる。

身体の奥から瑞々しい蜜が溢れて、指の先まで彼の色に染められていく。

「柚……欲しい」

息も絶え絶えの唇にキスが落ちてきて、彼の黒く潤んだ眼差しが私を射貫いた。

ハッとして見上げると、いつもは理知的な彼の瞳に情欲の炎が揺らめいている。

その猛々しさに、私は瞬きも忘れて見惚れてしまう。

逸らせない。いつまでも見ていたい。そう思った瞬間、私を待たない彼の激しい情熱が、ひと息に私の中に流れ込んできた。荒々しい濁流が私を襲い、激しい衝撃が身体の中を駆け抜ける。

「あ……」

息が止まるような焦燥が私を襲った。次の瞬間、目が眩むような幸福に私のすべてが包み込まれる。思わず手を伸ばし、彼の背中にしがみ付いた。

「柚……愛してる。君だけだ。昔からずっと……」

少し掠れた低い声。激しく打ちつける身体も汗ばむ素肌も、何もかもが愛しい。

「……もう二度と離れない」

激しく狂おしい時の隙間で、彼が囁く声がする。

それから、また彼の愛が私の身体を隅々まで潤すのだった。

寝室のダウンライトが、恭輔さんの裸の肩に濃い影を落としている。

腕枕で抱き寄せられ、私は恭輔さんの温かな胸に顔を埋めた。

「柚……身体は大丈夫?」

私の髪に指を絡ませながら、恭輔さんが言う。

さっきリビングで抱き合った私たちは、それだけでは飽き足らず、また何度もベッドで愛し合った。

彼が私を心から求めてくれることが幸せで堪らない。何度触れてもまだ足りない気がして、今もこうして彼の体温から離れられないままだ。

「ごめん。俺、ちょっと性急すぎたな」

恭輔さんは少し後悔の滲んだ声で言うと、私のつむじの辺りに顎を押し当てる。

そんな彼が愛おしくて、私はまた彼の温かな胸に鼻を押し付けた。

「私も……」

「えっ……」

「私もこうしたかったから、良いんです」

その言葉に、恭輔さんはぎゅっと力を込めて私の身体を抱きしめた。もう何度目か分からない抱擁に胸が甘く疼く。逞しい身体。力強い腕。そして彼の温かな体温に包まれていると、もう何も怖くないと心から思う。

「柚、ひとつ聞きたいことがあるんだ」

心地いい微睡みの中、ふと恭輔さんが言った。微かにためらいを含んだ声に顔を上げると、すぐ近くで真剣な彼の眼差しが向けられている。

「はい。……何ですか」

「三年前のことだ。君には辛いことかもしれないが、ちゃんと話しておきたい」

恭輔さんはそう言うと、私の目をじっと見つめる。

「三年前、君は夜遅くこのマンションにやってきた。そして……俺に抱かれた。柚、君はあの時、もう俺との別れを覚悟していたんだろう?」

恭輔さんの言葉に私は黙って頷いた。あの日のことは、いくら忘れようと思っても忘れられない。とても残酷で、幸福な夜だった。

「君が姿を消したのは、お父さんの病気のことが原因なのか? それにおじさんもあれ以来、俺とも父とも連絡を絶ってしまった。そこまで病状が重いのかとしばらくは我慢したが、一か月経っても二か月経っても、おじさんは俺や父と接触することを拒んだんだ。その上、何の相談もなく会社も後援会も尾藤氏に任せると、一方的に文書で連絡があった。到底納得できる内容ではなかったが、おじさんの委任状と後のことは尾藤氏に頼みたいという直筆の書面を見れば従う外なかった。……教えてくれないか。あの日、君たち家族にいったい何があったのか」

恭輔さんの言葉に、私の心に大きな疑念が沸く。

（えっ……恭輔さん、お父さんのあの写真のことを知らないの？）

脳裏に、柏原さんの狡猾な眼差しが浮かび上がった。

──恥さらしな父親を持つあなたが妻になったら、いったい彼にどれほどの迷惑を掛けるでしょうね──

もしかしたら尾藤専務は、情けで父の恥部を公にしなかったのだろうか。

けれどもう嘘はつけない。私は恭輔さんの胸に手を当てながら、振り絞るように言った。

「あの日、家に帰ったら、尾藤専務とおじ様の事務所の柏原さんという人がいたんです。それで事務所に送られてきたという写真を見せられました。父が制服姿の女の子とホテルの前にいる写真です。父本人が……彼女と不適切な関係だったことを認めたと言っていました」

「何だって？　おじさんに限って……そんなの何かの間違いだ。それにもしそうでも、柚が俺の側からいなくなる理由にはならないだろう」

「父のことで恭輔さんに迷惑を掛けるのが怖かったんです。もしもあの事件が世間に知られれば、恭輔さんだって無事ではいられない。これから広い世界で羽ばたく恭輔さんの重荷になりたくなかった」

私の言葉に恭輔さんは一瞬呆然と目を見開いたが、やがてその眼差しに強い光を浮かべた。

「俺が柚を迷惑に思うわけないだろう。たとえそのことで立場を追われたとしても、俺は迷わず柚を選ぶ」

「分かっています。恭輔さんはきっと私を守ってくれる。そう分かっていたから、だから離れたんです。私のせいで恭輔さんの将来に傷を付けたくなかった。大切だから……自分より大切な人だから、小さな頃から持ち続けた夢を諦めさせたくなかった」

「柚……」

私の言葉に、恭輔さんが苦しげに眉根を寄せた。そしてまた、私を強く抱きしめる。

「柚、ごめん。柚のせいじゃない。俺が……頼りなかったからだ」

「恭輔さん……」

「でも、やっぱり悔しいよ。たったひとりで柚に子どもを生ませて……側にいて、柚も紘輔も守ってやりたかった」

恭輔さんはそう言うと、身体を離して私の身体を組み敷く。

「柚、すまない。今夜は収まりそうにない。……離してやれない」

ベッドに深く身体を押さえつけ、また恭輔さんの激しい口付けが落ちてきた。

散々甘やかされ、溶かされた身体が、彼の熱で簡単にとろとろと潤いを取り戻す。

私の身体の上で、刻み付けるように愛を伝える逞しい身体が揺れる。

経験したことのない激しさの中で、私はまた彼へ想いを思い知るのだった。

君のためにできること～side 恭輔～

浅い眠りの向こう側で、誰かが微笑んでいた。

もう何度見たか分からない、最愛の人の可憐な姿。

――柚。

必死で手を振る俺に気づく素振りもなく、背を向けた柚が遠ざかる。

――待ってくれ。

後を追おうとしても足が動かない。必死でもがく俺の目の前から、柚が消えていく。

――柚、俺を置いて行くな。


ハッとして目を開けると、見慣れた寝室の天井が目に入った。強張っていた身体から力が抜け、俺は安堵のため息をつく。

(夢か……)

隣では腕枕で抱き寄せた生まれたままの姿の柚が、俺の腕の中で安らかな寝息を立てている。

その甘い香りと柔らかな肌に、また愛おしさが身体中に溢れた。

(そうか、昨夜、柚と……)

俺は腕の中で眠る愛しい人にそっと口付けを落とし、起こさないようにベッドを抜け出す。

(紘輔も……よく眠ってるな)

母が用意した清潔なベッドの上で、紘輔はすやすやと眠っている。

柚が大切に守り育ててくれた宝物。

俺は紘輔の額にも唇を押し付けると、そっと寝室を出た。


急に体調を崩した先輩議員の代理で、外務省が協賛するイベントの視察に同行した。

フランス・ブルゴーニュ地方。

遠い異国の古い祭りで、俺は三年ぶりに最愛の人と再会した。

それに梨花とも。梨花からは結納の翌日、一度だけフリーのメールアドレスから連絡をもらっていた。『ごめんなさい』とだけ記されたメールのアドレスは、その後すぐに削除されたのか音信不通になった。専門家に追跡を依頼したが分かったのは海外からの通信ということだけ。その時点で、彼女が長く滞在したフランスにいるのではないかと思っていた。先輩の代理をふたつ返事で引き受けたのも、もしかしたら梨花から柚の手がかりを掴むチャンスがあるかもしれないと思ったからだ。

フランスの田舎町で紘輔を最初に見た時、ちょこまかと走る小さな姿に不思議なほど引きつけられた。初めは日本人だとは気づかなかったが、人ごみの中で転びそうになった姿を目にして、気づいた時には抱き上げていた。

それがまさか自分の息子だったなんて、神様は本当に手の込んだ悪戯をする。

再会した俺を見る柚の瞳、それに自分に良く似た紘輔の眼差しに気づいた喜びが、今だって胸から離れない。こんな奇跡を起こしてくれた神様に感謝したいと、ガラにもないことを心から思う。

だが……さっき柚と話して、俺はすべての真実が美しいわけじゃないことを改めて悟った。

三年前、一夜にして青木家が失脚・失踪したことについては、俺の中に未だ納得できない大きな遺恨として残っている。けれど、さっき柚から与えられたいくつかの情報で、俺の中で新たな疑惑が生まれた。

尾藤専務と柏原が柚とおばさんに持ち出したあまりにも唐突なスキャンダル。それに今考えれば、短い期間で色々なことが起こりすぎている。

（誰かが、叔父さんを失脚させるために企てたとしか考えられない）

それに柚のことで頭がいっぱいだった時には気づかなかったが、どう考えても不自然な点がいくつもある。その最たるものが、青木製作所の社長交代と後援会会長の交代だ。

後援会はもちろんだが、青木製作所は人格者だったおじさんを失い、尾藤社長代理の独断によってこの三年で企業の信用を大きく落としている。

そんな状況なら、たとえ一線を退いたにしてもおじさんが尾藤社長代理に何らかの進言をしても良さそうなものなのに、相変わらず無謀なあの采配を見るにおじさんが関わっているとはとても思えない。

（それに……おじさんはどうして黙ってるんだ）

何より大きな一番の疑問は、おじさんが未だに何も発しないことだ。

おじさんは重病を理由に、周囲に何の弁明もしないまま俺たちの前から姿を消した。

事件から一年ほど経った頃、人づてにおばさんの実家で暮らしていることを聞いて両親と一緒に現地まで赴いたけれど、顔を見ることすら叶わなかった。

もしおじさんのスキャンダルが本当ならこちらにも何か報告があるはずだが、学生時代からの親友で深い付き合いをしていた父にすら何もないなんて、頑ななほどに誠実なおじさんがすることとは到底思えない。

母とおばさんだって親友と言ってもいいほど親しい付き合いだったのに、こんな不義理をする理由がどうしても分からない。

(もしかして、俺たちと会えない理由があるのか?)

誰かに脅されているとか……誰かを庇っているとか……? でも、誰を?

俺はさっき柚が言っていたことを頭の中で反芻する。

——あの日、家に帰ったら、尾藤専務とおじ様の事務所の柏原さんという人がいたんです。……写真を見せられました。父が制服姿の女の子と、ホテルの前にいる写真です——

柏原は柚がいなくなる少し前、父の選挙事務所に事務として入ってきた青年だ。年は俺より確か三つ下。目立たないながらも実直な仕事をするので事務所スタッフの信頼は厚いが、時おり見せる翳りのある表情が気になる人物だ。

柏原が第三者から送られてきたという写真をたまたま受け取って、おじさんに連絡をしたということなのか。でも写真のことを父に報告しなかったのは何故だ。本来なら一番に父に言うべきだろう。それに尾藤氏が事務所の柏原と一緒にいたのはいったいどういういきさつだ。

ふたりに関連があるなんて話は一度も聞いていない。今も後援会の集まりでふたりが顔を合わせることがあるが、親しげに話す姿なんて見たことがない。

尾藤氏からは、社長代理も後援会会長も直接おじさんから連絡を受けて引き受けたと聞いているし、おじさんから同様の文書を受け取っている父も俺もそのことを疑いはしなかった。

（この一件で、一番得をしたのは誰だ）

柏原が尾藤専務と最初に接触したのはいつだ。尾藤専務と彼の接点は何だろう。それに、何故彼はわざわざ柚に写真を見せつけたのか。考えれば考えるほど謎が深まる。

それに……。

（柚には言えないけど、あの愛奈って子のこともある）

脳裏に浮かんだ女性の姿が煩わしく、無意識に眉間に力が入る。

柚がいなくなって三か月ほどした頃、あろうことか尾藤氏は俺に縁談を持ち掛けてきた。相手は愛奈という彼の娘だ。

彼は柚でいいならうちの娘でもいいだろうと笑いながら言った。

あまりの非常識さに即座に断り、怒りを飲み込んで何とかその場をやり過ごしたが、はっきり断ったにも関わらず彼の娘の売り込みは今も続いている。

娘も娘で、後援会に父親と一緒にやってきてはやたらにべたべたと身体を触ったり、あからさまな誘惑を仕掛けてくる。もちろんその都度きっぱり拒絶しているが、父親同様自分に不都合なことはまるで受け入れようとしない厚かましさだ。

当然ながら父にも疎まれ、一年ほどで後援会会長も交代に至ったが、それでも何かにつけ俺の周りに纏わりつくあの親子には俺もほとほと辟易している。

不快感からもう顔も見たくないというのが本音だったが、それでも柚の親戚ということで何とか耐えていたのだ。

(あの親子がこの件に絡んでいるとしたら……)

今まで気づかなかったそれぞれの思惑に、思いもよらない悪意の全貌がうっすらと浮かび上がってくる。

誰かがおじさんや柚を落とし入れたとしたなら。おじさんが自分にとって大切なものを守ろうとしたなら。そう考えれば、頑なに口を閉ざすおじさんや柏原や尾藤氏の不穏な行動にも納得がいく。

(薄汚いハイエナに、俺はまんまと引っ掛かったってことか……)

ふと脳裏に、さっき写真の話をした時の柚の苦しげで怯えた表情が浮かんだ。

あの小さな身体で、華奢な手でひたむきに紘輔を育ててくれた柚。何にも代え難い宝物を必死に守り、代わらぬ愛情を俺に持ち続けてくれた柚。

あの事件は、そんな柚に今でも苦しみを与えて続けているのだ。

そう思うと、腸が煮えくり返るほどの怒りが身体中に込み上げる。

(何者であろうと、柚を傷つけることは許さない。それに……俺から柚を奪うような真似をするやつも、絶対に許さない)

俺はテーブルの上でノートパソコンを起動し、燃え盛る復讐の炎が胸を焦がすのを抑えながら、それぞれの場所にいくつかの依頼を送信する。

(……これでいい。後は返事を待つだけだ)

柚と紘輔を腕の中に抱きしめた今、もう迷うことは何もない。

「——絶対に許さない」

もう一度口の中で呟くと、俺は滾るような怒りに目を細めるのだった。

柚のために

翌日の朝目覚めると、隣に寝ているはずの恭輔さんと紘輔の姿がなかった。

慌ててリビングへ向かうと、すでに着替えを済ませた恭輔さんは紘輔と一緒にキッチンで朝食の準備をしてくれている。

「柚、おはよう」

「まま、おはよう」

まるでシンクロしたように揃って振り向かれ、サイズの違う同じ笑顔に胸がキュンと音を立てた。

(似ているとは思っていたけど、ここまでだなんて……)

印象的な漆黒の瞳と同じ色の髪。フランスでも紘輔の髪と瞳はとても目立ってよく褒めてもらっていたけれど、それらはすべて恭輔さんから受け継いだものだ。

(大好きな人にそっくりな我が子を授かって、私は本当に幸せ者だ……)

紘輔は恭輔さんに抱っこされながら、お皿の上にパンを並べるお手伝いをさせてもらっている。

ひとつ置くごとに恭輔さんが大げさなほどに褒めそやすので、紘輔はとても嬉しそうだ。こんな他愛のないやり取りのひとつひとつが、堪らなく幸せで泣きそうになる。

思わず涙ぐんでしまった私に気づき、恭輔さんが慌てたように顔を覗き込んだ。

「柚、どうしたんだ。何か心配なことでもあるのか」

「……違うんです。私、嬉しくて」

泣き笑いのようになった私の顔に、紘輔も心配そうに小さな手で触れる。

「紘輔、分かるのかなって。だって、昨日ここへ来てから本当に楽しそうだから」

恭輔さんがパパだと肌で感じているみたいに思えて、彼と紘輔の絆に涙が溢れて止まらない。

そんな私に恭輔さんはただ優しく笑って、指で涙を拭ってくれる。

「俺だって柚と紘輔と一緒にいられて、すごく楽しいし幸せだ。だから柚、もう涙は卒業しよう。これからはみんなで笑って過ごすんだ。紘輔のためにもね」

恭輔さんに抱かれた紘輔も「まま、なくのダメっ」と頭をなでなでしてくれる。

温かなふたりの笑顔に囲まれ、私の顔にも自然と笑顔が浮かんだ。

「……はい。私、もう泣きません。これからは、みんなで一緒に笑っていたいから」

「ああ。家族三人、仲良く暮らそう。あ……三人じゃなくても良いぞ。四人でも五人でも、柚となら俺は何人だって……」

彼の言葉に顔を赤くしてしまった私に、紘輔が弾けるように笑う。

「さて、と。柚、今日は忙しくなるぞ。食事の前にシャワーを浴びておいで。朝食が済んだら出かけるよ。休暇が終わったら忙しくなる予定だから、用事を済ませておきたいんだ」

恭輔さんはそう言うと、紘輔と一緒に食事の支度を続ける。

幸せな余韻に包まれながら、私はバスルームへと向かうのだった。


シャワーを済ませてリビングに戻ると、ダイニングテーブルの上にはパンやベーコンエッグ、それにフルーツなど食欲をそそる食事の用意が整えられていた。

三人揃って手を合わせ、『美味しいね』と笑い合いながら皿を平らげる。

食事を終えてキッチンで片付けをしていると、リビングのラグの上で転がっていた紘輔に恭輔さんが毛布を掛けてくれているのが目に入った。

そっと近寄り、紘輔の顔を覗き込んでいる恭輔さんに寄り添う。

「紘輔、寝ちゃいましたか」

「ああ。時差もあるし、長時間のフライトで疲れたんだろう。家を出るまでまだ少し時間があるから、このまま寝かせておこう」

恭輔さんはそう言うと私をソファーに誘う。ふたり手を繋いだまま、一緒に座った。

「柚、これに名前を書いて欲しいんだ」

改まったように背筋を伸ばし、恭輔さんはいつの間にかテーブルの上に置かれた一枚の書類に視線を落とす。

「恭輔さん、これ……」

「うん、婚姻届。俺の署名はもう済んでいるから、後は柚と……保証人は父と柚のお父さんに頼むつもりだ」

「えっ……」

恭輔さんの言葉に思わず言葉を失う。

父は今も私たちとの接触を避けている。そんな父に、署名など頼めるのだろうか。

それにおじ様だって、父の裏切りを簡単に許してくれるとは思えない。

すると私の不安を読み取った恭輔さんが、繋いでいた手を肩に回してぎゅっと抱き寄せてくれる。

「柚、俺は君と紘輔を絶対に幸せにすると決めた。でもそのためには、父とおじさんの関係を修復して家族全員に俺たちのことを祝ってもらう必要がある。そうでなければ、本当の意味で柚と紘輔を幸せにすることにはならない。これから俺は、そのための努力を全力でするつもりだ。柚には辛いことを思い出させることになるかもしれないが、俺を信じて着いてきて欲しい」

恭輔さんは真剣な眼差しでそう告げると、ポケットから小さな箱を取り出した。

覚えのある光沢のあるベルベットに、私は思わず息を呑む。

「それにこれも……改めて受け取って欲しい」

恭輔さんは箱の蓋をそっと開けて、輝く宝石がついた指輪を取り出した。

それは別れの夜、彼が指に嵌めてくれたエンゲージリング。

深い愛を刻み付けられた翌朝、彼への想いと共に部屋に置いてきた愛おしい指輪だ。

「恭輔さん……」

さっき泣かないと言ったばかりなのに、また喜びの涙が溢れる。

恭輔さんは切なげに目を細めると、そっと涙を拭ってくれた。

「泣き虫の柚も可愛いから、俺の前では泣いたっていい。でも、紘輔の前ではいつも笑顔のママでいてくれ。これからは、俺が柚と紘輔の笑顔を守っていく。……受け取ってくれるか」

「はい。……私も、恭輔さんと紘輔と一緒に生きていきたい」

「柚……ありがとう」

恭輔さんは感極まったように目を細めると、私の身体を強く抱きしめる。そして、左手の薬指に指輪を嵌めてくれた。神聖な誓いの薬指で、ダイヤモンドが高貴な輝きを放つ。

「綺麗……」

うっとりとまだ涙の残る顔で指輪を見つめると、恭輔さんがそっとキスをくれる。

「柚、早く名前を書いて」

婚姻届に署名をすると、恭輔さんの顔に晴れやかな歓喜の表情が浮かんだ。

「やっと名前を書いてもらえた。ずいぶん長いこと熟成させたな」

「えっ……」

「この婚姻届、実は三年前から持ってたんだ。あの時の俺は、やっと君との結婚に漕ぎ着けて浮かれていたからな」

彼の言葉に胸がいっぱいになる。

(私をずっと待っていてくれたこの人にこれから精一杯のまごころを伝えていこう)

そして強くなる。彼と紘輔を守れるように。

私の決心を見守るように、薬指の宝石はきらきらと輝いていた。

紘輔が目を覚ますのを待って、まずは買い物に出かけた。ベッドや箪笥など大きなものはおば様が用意してくれていたから、選ぶのは紘輔の服や普段使う食器などだ。恭輔さんのマンションにもひと通りのものは揃っているけれど、小さな子どものいる暮らしにはまだ足りない物がたくさんある。

買い物先で手に入れたバギーに紘輔を乗せ、私と恭輔さんは午前中いっぱいを使ってあちらこちら走り回る。

「柚、すまない。疲れただろう。やっぱり、運転できないのは不便だな」

恭輔さんは昼食のために立ち寄ったカフェテラスで、食後のコーヒーを飲みながらため息をつく。

「大丈夫です。それに、こうやってあちこち寄り道できるのも楽しいし」

公職に就いた今、恭輔さんは車の運転をしていない。

規則で禁止されている訳ではないから緊急の場合にはハンドルを握るが、普段はタクシーか他の人が運転する車に乗るそうだ。

だから今日も、マンション下まではタクシーに迎えに来てもらった。

「俺のせいでこれから君や紘輔に窮屈な思いをさせることがあるかもしれない。ごめんな」

お子様ランチについていたプリンをご機嫌で食べる紘輔を見ながら、恭輔さんが切なげに言った。私はそんな彼を真っ直ぐ見つめながら答える。

「私も紘輔も、窮屈だなんて思いません。恭輔さんといられるだけで、それだけで幸せだから」

「柚……」

「だからそんなこと気にしないで。恭輔さんは未来の日本が輝く国になるよう、お仕事にまい進してください。これからの日本を背負う子どもたちのためにも」

姉の代わりに花束を渡したあの頃から、彼の高い志は少しも変わっていない。

これから彼のために、私ができることは何でもやっていきたいと心から思う。

「ありがとう。柚、君に出会えて俺は本当に幸せな男だ」

そう言って、彼の長い指がテーブルの上に置かれた私の指に絡まる。

濁りのない笑顔でプリンを頬張る紘輔を挟んで、穏やかな家族の時間が過ぎていった。

荷物を持って一旦マンションに戻ると、私たちは恭輔さんの実家へ向かった。

の前に到着する。

恭輔さんの顔馴染みだというハイヤーに乗って十五分ほどで、古い洋館造りの建物

今朝恭輔さんにこの訪問を告げられた時から、本当はここへ来ることがすごく怖かった。何も告げずに音信不通になったばかりでなく、勝手に恭輔さんの子どもまで生んだ私を、おじ様やおば様は許してくれるだろうか。

「柚……大丈夫？」

見上げると恭輔さんと彼に抱かれた紘輔が、同じように心配げな視線を向けている。恭輔さんと過ごしてまだ数日なのに、紘輔はなんの抵抗もなく驚くほどすんなり彼に懐いている。自分とよく似た顔をした恭輔さんに、紘輔なりに何か特別な絆を感じているのだろう。

（恭輔さんと紘輔のためにも、私が揺れ動いちゃダメなんだ）

これから始まる私たちの新しい生活には、おじ様やおば様の理解が何より必要だ。

きゅっと唇を噛みしめて頷くと、凛々しく顔を引き締めた恭輔さんがインターフォンを鳴らした。すると間もなく、家の中からおば様が現れる。

おば様は私たちを見るなり目を見開いて涙ぐみ、ためらうことなく私の手を握った。

「柚ちゃん……それに、紘輔ちゃんね」

「おば様……ご無沙汰してごめんなさい」

泣かないと決めたばかりなのに、私の目にも涙が溜まる。

「母さん、積もる話は後だ。とにかく中に入ろう」

恭輔さんに促され、私とおば様は手を繋いだまま家の中に入った。


玄関を入って応接室へ案内されると年代物のソファーに座っておじ様が待っていた。

久しぶりに見た姿は少し痩せていたが、普段通りの思慮深い眼差しに深く頭を下げる。

「おじ様……ご無沙汰しています」

「柚ちゃん、堅苦しい挨拶はいい。恭輔も、座ってくれ」

おじ様に促され、私たちはおじ様に向かい合ってソファーに腰を下ろす。

あらかじめ用意しておいてくれたのかすぐに香りのいいコーヒーが運ばれて、おば様が優しい笑顔でみんなの前に置いてくれる。

「紘輔ちゃんにはこれ……大丈夫かしら」

おば様は紘輔の前に紙パックのリンゴジュースを置いてくれる。

嬉しそうに手を伸ばす紘輔に、恭輔さんがストローを差し込んで手渡した。

「紘輔ちゃん、美味しい？」

「うん！　美味しい！」

ゆるゆると頬を緩めるおば様とは対照的に、少しも表情を崩さないおじ様が恭輔さんに視線を向けた。その真っ直ぐな視線を正面から受け、恭輔さんが口を開く。

「お父さん、お母さん。僕は先日、来月行われるワインイベントの視察でフランスを訪れました。そこで、柚花と偶然再会したんです」

「フランス……柚花ちゃんは何故そんなところにいたんだ」

「梨花がいたからです。梨花は今、フランス人の男性と結婚して幸せに暮らしています。だから彼女を頼って渡仏したんでしょう。誰にも知られずに僕の子どもを生むために」

恭輔さんの言葉に、今まで揺れ動くことのなかったおじ様の表情が険しく曇った。

そして、睨みつけるような視線を恭輔さんに向ける。

「恭輔、お前はそれを……柚花ちゃんのお腹に子どもができたことを知っていたのか。いや、それより、結納も交わしていない柚花ちゃんに手をつけ子どもまで作ったというのか。苟も国政に関わろうとする者がすることとは考えられん。なんて愚かなことを……青木にも申し訳が立たん」

おじ様の辛辣な言葉にも、恭輔さんは少しも臆することなく真っ直ぐに視線を返す。

そして小さな手で彼の腕を掴む紘輔を、愛おしげに見つめた。

「お父さんの言う通り、僕は愚かでした。思いもよらないトラブルに遭った青木家に気づくこともできず、簡単に柚を手放してしまったんです。でも柚と再会できた奇跡をもらって目が覚めました。僕にとって国政は幼い頃からの夢であり人生の目標です。でも柚は……柚と紘輔は僕の人生そのもの、命そのものと言ってもいい。こんな僕が政治家に相応しくないというなら、喜んで職を辞そうと思います」

恭輔さんの言葉に、おじ様がハッと目を見開いた。おば様は……さっきからハンカチで涙を拭う手が止まらない。

私は息を潜めて、恭輔さんの凛とした横顔を見つめる。

「柚は遠い異国の地で僕との大切な宝物を生み、育ててくれました。再会した時、僕は紘輔の中に今も変わらない彼女の愛を確信したんです。僕だって生涯愛する人は柚以外いない。そう実感しました」

「それでも、お前のしたことは許されることではない」

恭輔さんがいくら言葉を尽くしても、おじ様は険しい表情で首を振るだけだ。

彼を責め続けるおじ様に向かって、私は思わず口を開いた。

「おじ様……私……私が恭輔さんに縋ったんです。たとえ二度と会えなくなっても、一生恭輔さんを忘れないでいられるように」

私の言葉に、おじ様とおば様が目を見張って顔を上げた。

急に張り詰めた空気に気づき、紘輔が私の手をぎゅっと握る。ふたつの手を包み込むように、その上を恭輔さんの大きな手が覆った。

肌から伝わる温もりが、くじけそうな気持ちを強くしてくれる。

「あの日、帰宅した私を叔父とおじ様の選挙事務所の柏原さんという人が待っていました。その時、父の大それた不祥事を知ったんです。もう恭輔さんとの未来は望めない。だからせめて思い出が欲しいと、身勝手な願いを彼に託しました。そうしないと生きていけないと思ったからです。だから、こんなことになったのはすべて私の責任です。本当に……本当に申し訳ありません」

深く頭を下げる私に続き、恭輔さんとつられて紘輔も頭を下げる。

その姿に、すでに目を真っ赤に腫らしたおば様が居ても立ってもいられなくなったように立ち上がった。

「柚ちゃん、それに恭輔ももう頭を上げてちょうだい。あなた、紘輔は我が家の跡取り、柚ちゃんはお嫁さんですよ。いつまでもそんな鬼のような顔をするのはやめてちょうだい。……紘ちゃん、ばあばのところへおいで」

おば様はそう言って後ろから紘輔をひょいと持ち上げると、『紘ちゃんとお庭を散歩してくる』と私に目配せして部屋から出て行ってしまう。

パタンと応接室の扉が閉まり、そのタイミングでおじ様が深いため息をついた。そして表情を緩めると、私に向かって優しく目を細める。

「柚ちゃんはお母さんになって、ずいぶん強くなったんだなぁ」

「お父さん、柚は昔から芯の強い優しい女性ですよ。心が折れそうになった僕を支えてくれた、天使のような女性なんです」

恭輔さんの言葉に、おじ様の顔がさらに穏やかに緩む。そして私に向かって柔らかな笑みを浮かべた。

「柚ちゃん、すまなかった。私も歳を取ったな。こんなに意固地になっては、青木に愛想を尽かされても仕方ない」

「おじ様……」

「柚ちゃんは知っているかもしれないが、私と青木は三年間一度も話をしていないんだ。会社の代表交代と後援会会長の辞任も、簡単な書面一枚だけで知らせてきただけだった。私はそれが許せなくてね。たとえどんな状況でも、私にだけはすべてをさらけ出して欲しかった。青木……君のお父さんとは文字通り、苦楽を共にした間柄だったからね」

おじ様はそう言うと、思案気に長い指を顎に当てた。

「しかし恭輔、確かにお前がメールで書いて寄こした通り、色々なことが大きく食い違っているな」

「ええ。僕も柚の話を聞いて疑問に思ったんです。柏原はこちらに報告することなく柚におじさんのスキャンダルを伝えた。あたかも、柚が僕から身を引くことを促すように」

恭輔さんは鋭く目を細めながら言うと、フッと私に視線を落とす。

「柚、もう一度柏原と尾藤氏がやってきた時のことを聞かせてくれないか。できれば、もう少し詳しく」

彼の言葉に、私はあの日の記憶を脳裏に浮かべる。

退職した日、家に帰った時にはあのふたりが顔面蒼白の母を取り囲んでいたこと。おじ様の事務所の名刺を持った柏原さんに、事務所に届いたという父の写真と、すでに父が何もかも失ってしまったことを知らされたこと。その後、頭の中で再生される悪夢のような出来事を、詳細に恭輔さんとおじ様に伝える。

悲しみに彩られた記憶をひとつひとつ口にするうち、知らぬ間に小刻みに身体が震えていた。

「柚、大丈夫だ。ゆっくりでいい。それで……おじさんの口から聞くまで信じないってふたりを突っぱねてたおばさんの目の前で、柏原がおじさんに電話を掛けたんだな?」

「はい。お父さんは電話に出て、お母さんと私にすまないって」

胸が詰まるような気持ちで、私は父と最後に交わした言葉を思い出す。

――お前は恭輔君と幸せになりなさい。恭輔君はまだ若い。きっと迷うこともあるだろうが、そんな時はお前が支えになりなさい――

「柚、ちょっと待って。おじさんは、その時点ではまだ俺と柚が結婚すると思っていたってことだよな?　じゃあ柚は、どうして俺の前から姿を消したんだ」

「それは……」

それは、柏原さんに残酷な宣告をされたからだ。

彼が放った一言一句が脳裏に蘇り、胸が押し潰されそうに苦しくなった。

「柚……辛いと思うが思い出してくれ。大切なことなんだ」

恭輔さんに励まされるように肩を抱かれ、私は言葉を続ける。

「写真は……あれだけじゃない、もっとどぎついものもあるって。それをお母さんに見せたくなければ、身のほどをわきまえろと言われました。恭輔さんの前から姿を消せって」

絞り出すように言葉を紡ぐ私を、恭輔さんとおじ様が呆然とした顔で見つめている。

「おじ様、恭輔さん、迷惑を掛けて本当にごめんなさい……」

堪らなくなって涙をこぼす私を、恭輔さんが強く抱きしめてくれる。その温もりが、悲しみで冷え切った心を優しく包み込む。

しばらく彼の温もりに身を委ねていたけれど、おじ様の前だということを思い出してそっと彼から離れた。

恭輔さんは背中に回した手を緩めることなく、何度も何度も擦ってくれる。

私たちを見つめるおじ様の眼差しが、強い光を放った気がした。

「柏原……絶対に許さない」

私の肩を抱いた恭輔さんが、低く唸るように呟いた。その言葉に、おじ様の鋭い視線が飛ぶ。遠い昔、荒れた政局をまとめ上げていた頃と同じ、何もかもを見透かす壮絶な眼差しだった。

「恭輔、感情的なやり方じゃ、相手に逃げ道を与えるだけだ。お前が依頼してきた柏原の身上調査だが、事務所は通さず専門家に頼むといい。私に心当たりがある。後で連絡先を教える」

おじ様はそう言って立ち上がると、私に向かって手を差し伸べる。引き寄せられるように手を取ると、面差しに優しい笑顔が広がった。

「柚ちゃん、辛い思いをさせたが、もう大丈夫だ。お父さんとお母さんのことも、私が何とかする」

「おじ様……」

「柚ちゃん、これからは……お父さんと呼んでくれないかな。私たちはもう家族なんだから」

その言葉に、ずっと喉の奥につかえていた重りが跡形もなく消えていく。

「柚ちゃん、ありがとう。恭輔を愛してくれて……紘輔を与えてくれてありがとう」

幸せな涙が頬を濡らしていく。そんな私を、恭輔さんがただ優しく見つめていた。


翌日、私たち家族はハイヤーに乗って今度は私の実家に向かった。

母とは三年ぶり、父とはあの悪夢が起こって以来会っていない。

それにふたりとも、私が紘輔を生んだことも知らないのだ。

重苦しい気分に塞がれる私に、恭輔さんが真っ直ぐな眼差しを向ける。

「俺がいる。だから心配するな」

「恭輔さん……でも私、両親に何も伝えられていないんです。それに……大切に育ててもらったのに、父と母が一番大変な時に側にいなかった」

私はこの三年、自分の身に起こったことで精一杯だった。遠い異国の地で、紘輔を無事に生み育てることだけで頭がいっぱいだったのだ。

こんな身勝手な娘を、両親は許してくれるだろうか。

「柚は何も悪いことはしていない。責められるとしたら、俺の方だ」

恭輔さんはそう言うと、ふたりの間で無邪気な笑顔を向ける紘輔と私を抱きしめてくれる。

「そう簡単にいくとは思っていないが、俺は絶対に諦めないつもりだ。だから……柚は何が起こっても見守っていて欲しい」

「はい。……私、恭輔さんを信じています」

顔を上げると、彼の頼もしい眼差しに捉まる。

大切な人との確かな絆に、私の心はまた少し強くなるのだった。

小一時間ほど掛かって母の実家に到着すると、母がすでに家の外で待っていた。

母の側にはおじ様とおば様の姿も見える。昨日、私たちが今日実家を訪ねることを知り、どうしても同席したいと申し出てくれたのだ。

おば様と話していた母は私たちの姿を見つけると、小走りで駆け寄ってくる。

「柚花！」

「お母さん……」

母は両手を広げて私を抱きしめると、泣きながら「良かった」と何度も呟く。そして身体を離すと、身体を屈めて側にいた紘輔に微笑みかけた。

「あなたが紘ちゃんね。初めまして。あーちゃんですよ」

「あーちゃん……？」

「そう。蔦子さんがばあばでしょう？　それなら私はあーちゃんにするわって、さっきふたりで決めたのよ」

母はそう言うと、紘輔を抱き上げて私に泣き笑いのような表情を浮かべる。

きっとおば様が昨日のうちに連絡を取って、母に色々話しておいてくれたのだろう。

細やかな心配りに胸が詰まって涙ぐむと、笑いながら母が背中を擦ってくれる。

「みんな、早く家に入りましょう。恭輔君も、本当に良く来てくれたわね」

「おばさん、ご挨拶が遅れて……本当に申し訳ありません」

「話は中でゆっくりしましょう。さ、入って」

母と一緒に家に入ると、揃って奥の広い座敷へ通される。

母の実家は広い日本家屋。祖父は数年前に亡くなり、両親が身を寄せるまで祖母がひとり暮らしをしていたが、その祖母も数年前から体調を崩しがちだ。

「おばあちゃんは？」

「今日は少し体調が悪くて、もう眠ってるのよ。また元気な時に顔を見せてやって」

母はそう言って和室の襖を開ける。すると十畳の和室の真ん中に設えた座卓に、父がひとり座っているのが目に入った。

「お邪魔します」

紘輔を抱いた母の後姿を見ながら、順に部屋に入る。

用意された座布団にみんなが腰を落ち着けると、向かい側からこちらをじっと見据える父の視線が飛んできた。とても鋭く険しい眼差しだ。

薄氷を踏むような時間が、静かに過ぎていく。

父はしばらく黙っていたけれど、やがて紘輔を膝に乗せた母をちらりと見やり、おもむろに口を開いた。

「……柚花、久しぶりだな。元気だったか」

「お父さん……ずっと連絡をしなくてごめんなさい」

「母さんから梨花のところで元気に暮らしていると聞いていた。それなのに……まさかこんなことになっているとはな」

父の言葉に、私の身体がびくりと震える。すると隣に座っていた恭輔さんが、膝の上に置いた手をそっと握ってくれた。温かくて大きな手に震えが止まり、勇気が湧いてくる。紘輔のためにも彼と一緒に乗り越えなくてはならないと、強く思った。

「おじさん、ご無沙汰しています。今日は大勢で押しかけて申し訳ありません」

父の刺すような眼差しが、今度は恭輔さんに注がれる。恭輔さんは父の強い視線に少しも臆することなく、言葉を続けた。

「今日は改めて、柚花さんのことでお詫びとお願いに参りました」

居住まいを正した恭輔さんが、また丁寧に頭を下げた。父は何も答えず、微動だにしない。その憤りの表情に胸が苦しくなる。

「お父さん……あの……」

「柚花、これはいったいどういうことだ。お前の口から説明しなさい」

「お父さん、今まで黙っていてごめんなさい。私、フランスで紘輔を……子どもを生みました」

勇気を出して放った言葉の後、部屋にまたしばらくの沈黙が続く。

あまりに張り詰めた部屋の空気に、母と目配せをしたおば様がうとうとし始めた紘輔を抱き上げて静かに部屋の外へ出て行った。

父は眉間に深く皺を刻んだ苦悶の表情だ。母もおじ様も苦悩の表情を浮かべたまま、身動きひとつしない。

じりじりとした幾ばくかの時間が過ぎ去り、ようやく父の重い口がゆっくり開いた。

「……誰の子だ」

父の低い声に、胸がバクバクと大きな音を立てて騒いでいる。答えなければならないことは分かっていても、上手く言葉が出てこない。

黙り込んでしまった私に、父の苛立った声が響く。

「柚花、誰の子だと聞いているんだ。答えなさい」

父の鬼の形相にびくりと身体が震えた瞬間、隣にいた恭輔さんが強い視線を父に向けた。

「僕の子どもです」

「何……？」

「紘輔は柚花と僕の子どもです。おじさん、僕は……」

そう言いかけた恭輔さんに、立ち上がって激昂した父が手を振り上げた。

何の抵抗もしない恭輔さんの顔に、父の拳がまともに当たる。

「お父さん、やめてっ……」

慌てて間に入ろうとした私を遮り、座卓のこちら側に回り込んだ父がさらに拳を振り上げる。

「貴様っ……よくも柚花を……娘を弄んでくれたなっ……俺は……俺はいったい何のために……！」

思わず父の身体に縋り付いたが、若い頃から武道で鍛え上げた父の身体はびくともしない。恭輔さんはまったくの無抵抗で、父の為すがままだ。おじ様も身動きひとつせず、苦しげにその様子を見守っている。

「お父さん、やめてっ」

足にしがみ付く私を振り払い、父はさらに彼に向かって手を振り上げる。

「何故だ。どうしてなんだ。約束は……柚花を守ると約束しただろう。だから私は黙って……すべてを……」

恭輔さんに振り下ろす父の腕が、声が弱くなっていく。最後には恭輔さんに追い縋り、父は泣いていた。常に迷いなく厳格な父の初めて見る無防備な姿に、私と母だけでなく、おじ様の目にも涙が溢れていた。

それから、父の話した内容は、誰もの意表をつく衝撃的なものだった。

父が最初に柏原さんから連絡を受けたのは、あの事件から二日ほど前のことだったらしい。最近入ったばかりの柏原という新しい職員と父は面識がなかったが、おじ様の選挙事務所の名前を出され、会う約束をした。

「それで……この写真を見せられたんだ」

父は和室に置かれた古い金庫の中から、Ａ４サイズの茶封筒を取り出した。

見覚えのある色合いに、胸がどきりと大きな音を立てる。

それは柏原さんが、あの日私と母に見せた写真が入っていたものと同じものだ。

父は苦々しい表情で中から数枚の写真を取り出すと、艶やかな紫檀の机に並べた。

(えっ……)

私と母が見た物とは違う写真だ。混乱する心を抑え、私は父に視線を向ける。

「これ……恭輔さん……？」

「そうだ。あの若者はこの写真がある人物から選挙事務所に送られてきたと、青ざめた顔で言ってきた。……恭輔君がこの少女と不適切な関係を持っていると」

写真にはベッドの上に座る半裸の恭輔さんが制服を着た少女を膝に乗せ、胸の辺りに手を置いている姿が映っている。

直視に堪えない画像に胸が詰まり、私は思わず視線を背けた。すると恭輔さんが、その写真の一枚を手に取ってしげしげと眺める。

「これは僕じゃありません。おそらく合成でしょう。……柚も、ちゃんと見て」

目の前に写真を差し出され、恭輔さんが私をじっと見つめる。

「柚、左肩を見て。……違うだろう？」

「あ……」

促されて写真を見ると、なるほどあるはずのものが写っていない。

恭輔さんの左肩には、長さ五センチくらいの大きな傷がある。服を着ていれば分からない場所にあるから私も知らなかったが、小学生の頃土手から自転車で転落した時にできた傷だそうだ。父が持っていた写真には、その傷がない。

恭輔さんはネクタイを緩めてワイシャツを脱ぐと、父に向かって傷を見せる。

「おじさん、僕のこの傷は小学五年生の時にできたんです。昨日今日できた傷じゃありません。確かによくできた造りですが、この写真は偽造です」

ホッとする私とは裏腹に、今度は父の顔がサッと青くなる。

「そ、そんなはずはないぞ。私は被害者本人にも聞いたんだ。自分をお金で弄んだ人物が、真田英輔の息子だと言っていたと……」

父はそう言うと、苦しげに肩で息をする。

「青木……いったいどういうことなんだ。ちゃんと分かるように説明してくれ」

今まで黙っていたおじ様が思わず声を掛けると、おじ様に視線を向けた父が観念したように口を開いた。

「恭輔君の不祥事を柏原がどうしても示談にしたいというので、私が代わりに本人とその保護者を名乗る人物に会って話を付けたんだ。いかがわしい店が並ぶ下町の喫茶店で会って、要求通りの示談金を支払った。それなのに、後になって柏原が恭輔君の記事が週刊誌に載ると言い出した。写真を撮った人物がとにかく写真を出版社に売りたいから、政界の御曹司がダメなら他に肩書がある者を身代わりに仕立てろと言ってきたと……。それでもう私が身代わりになる外ないと思った」

「それでおじさんが僕の身代わりになったって言うんですか」

苦しげに吐き出す恭輔さんの言葉に、父ががっくりと肩を落とす。思いもよらないことの顛末に、その場にいたみんなの心が抉られていくのが分かる。

「身代わりになれば……柚花と結婚できる、と」

「えっ」

父の言葉にざっと血の気が引いた。嫌な予感が脳裏をかすめた瞬間、まるで血を吐くような苦しげな表情で父ががっくりと畳に膝をついた。

「私が身代わりになってスキャンダルを引き受ければ、柚花と結婚できると恭輔君が言っていると聞いたんだ。誰にも……真田にも言えないから、義理の父親になる間柄の私を頼ったと、君が私に頼んでくれと言ったと聞いたんだ。だから私は……」

父の声が涙で掠れていく。苦悩に満ちた恭輔さんの顔にも、恐ろしいほどの怒りが満ち溢れていた。まるで愛情の深さを試すような卑怯な企み。相手を思えば思うほど嵌まり込む恐ろしい罠に、柔らかで優しい心が切り刻まれていく。

恭輔さんは怒りに震えた指先で内ポケットから一枚の写真を撮り出した。

私が密かに隠し持っていた、父と女子高生が腕を組んで写った写真だ。

恭輔さんはそれをテーブルの上に置くと、父を真っ直ぐに見つめる。

「柚花とお母さんはこの写真を柏原に見せられておじさんが不祥事を起こしたと教えられたそうですが、僕と父は何も知らされていません。もちろん、おじさんがスキャンダルを起こしたことも知りません。おじさんは誰にも会えないほどの重病で社長と後援会長の座を尾藤氏に譲ったと、父も僕もそう思ってきました」

「な、何だって？　それじゃ……恭輔君、君は……」

「僕は誰のことも裏切っていません。今も昔も、柚だけを愛しています」

「本当か……本当なのかっ……」

縋り付くような父の眼差しに、恭輔さんのまなじりが赤く染まる。

「はい。これからも、僕は命を懸けて柚を愛していきます」

恭輔さんの言葉に父が畳の上に崩れ落ちた。恭輔さんは父の傍らに膝をつき、その肩を抱く。

「……もうひとつだけ分からないことがあります。柚は僕の元を去ったのに、どうして本当のことを言わなかったんですか。おじさんが僕の身代わりになったのは柚の幸せのためだったはずです。それなのにどうして……」

恭輔さんの言葉に、焦燥しきった父の顔にフッと柔らかない笑みが浮かんだ。私たちが良く知る、誰にでも平等な懐の深い笑みだった。

「柚花が君の前から姿を消したのは、君を想ってのことだとすぐに分かった。不名誉な不祥事を起こした父親の娘が妻では、君の将来に傷がつくと判断したんだろう。私たちの元を去ったのは、私を許せないからだと思っていた。柚花は梨花と違って大人しい娘だが、本質的な部分ではとても芯の強い子だ。そんな判断をした娘を心のどこかで誇りに思っていた。だから本当のことなど知らなくていい。君との美しい思い出を抱いて私を憎み続ければいいと思っていた」

「おじさん……」

「君のことだってそうだ。恭輔君、聡明で利発な君を私はずっと息子のように思ってきた。日本を変える人間になって欲しいという私たちのわがままな夢を、君は歯を食いしばって背負ってくれた。そんな息子がたった一度過ちを犯したとして、どうして見捨てられる？　それにそんなことが知れたら真田の身体にも触るだろう。……だが、私の判断は間違っていたんだな。写真を見た時点で、君に償いをさせようとするべきだったんだ。そうすれば、卑劣な罠に落ちることもなかった」

父はそう呟くと、放心したように肩を落とす。

父の深い愛情に胸が抉られるように痛み、私は思わず父の側へ駆け寄っていた。

「お父さん、違うの。私、お父さんを恨んでなんていない」

「柚花……」

「私が家を出たのは……お腹に紘輔がいることが分かったから。お父さんとお母さんがそのことを知ったら、きっと自分を責めると思った。自分たちのせいで私を辛い目に遭わせたって、すごく苦しむと思ったの。だから私……」

私の言葉に両親の目に涙が浮かんだ。側に歩み寄った母が私の身体を抱いてくれる。

「青木……っ」

苦悩に満ちた表情を浮かべたおじ様が父の側に駆け寄った。ふたり抱き合うように涙を流すおじ様と父の姿に、母と私の涙もさらに溢れて止まらなくなった。

その様子を見守る恭輔さんの目には、涙はどこにもなかった。ただ焼け付くような激しい怒りが、恭輔さんの黒い瞳を怖いくらい煌めかせていた。


その後、ケータリングの料理を取り寄せてみんなでゆっくり食事を共にし、語り尽くせない想いを伝え合う時間はあっという間に過ぎていった。

両親やおじ様やおば様、そして私と恭輔さんも会えずにいた互いの日々や姉の近況など、食事をする間も惜しんでたくさん話をした。

また会う約束をして恭輔さんのマンションに辿りついた頃には、もう夜も遅い時間になっていた。実家でお風呂に入れてもらった紘輔は帰りの車中ですっかり眠り込んでしまい、恭輔さんが起こさないようにベッドへ運んでくれる。

「柚、疲れただろう。お風呂に入っておいで」

恭輔さんに言われて先にお風呂をもらい、入れ替わりでバスルームへ向かう彼を見送った。

リビングにひとりきりになると、私はフッとため息をついてソファーに背を預ける。

こうして身体の力が抜けると、思いもよらない疲労感がどっと押し寄せてくる。

(昨日から、本当に色んなことがあった……)

恭輔さんのご両親との再会、久しぶりに会った両親と父の真実……あまりにも衝撃的で濃密な一日に、まだ神経が尖りきっている。

仕組まれた悪意の醜悪さと父の無償の愛の美しさがない交ぜになって、やりきれない思いが私の心を覆っていた。

どうしてこんなことになったのだろう。

答えの出ない問いを持て余し、私は両手で自分の頬を包み込む。

姉の身代わりになるまで、私を取り巻く世界は優しく穏やかに流れていたはずだ。

目まぐるしく移り変わる自分の境遇に、心が悲鳴を上げている。

「……柚、何を考えてるの?」

耳元に低い声が落ちてきて、顔を上げると隣に恭輔さんが座っていた。

「あ……お帰りなさい」

「うん? ただいま」

思わず口走った変なやり取りにも、ちゃんと答えてくれる彼がくすぐったい。

恭輔さんはクスリと笑いながら私の肩にそっと手を回した。

お風呂上りの恭輔さんは、まだ濡れた髪が額に落ちていつもの隙のない彼よりずっと若く見える。スーツ姿の彼も素敵だが、こうやって私だけに見せる打ち解けた姿も、見惚れてしまうほど魅力的だ。

私は大きく深呼吸をひとつして、彼に視線を向ける。

「色々なことがあった一日だったと思って」

「そうだな。俺たちだけじゃなく、家族にとっても大変な一日だった。でも今回のことで、みんなの心を苦しめていた誤解もわだかまりもなくなったんだ。とても大切な、避けて通れない一日だった」

「そうですね。でも、私、父に申し訳なくて……」

目を伏せてそう答えると、恭輔さんの腕がスッと脇の下に入り込み、あっという間に向かい合わせに膝の上に乗せられてしまう。

彼の膝にまたがり、まるで紘輔のように抱っこされる形になって、恥ずかしさにカッと顔が赤くなる。

「き、恭輔さん……」

「ふたりきりなんだから、たまにはいいだろ。っていうか、俺は柚に飢えてるからな。これからだって、隙があればこうするから覚悟しておいて」

恭輔さんはそう言って悪戯っぽく笑うと、私に唇に触れるだけのキスを落とす。

私を気遣う優しい仕草に、胸がきゅっと音を立てた。

恭輔さんは私の手を取って自分の首に巻きつかせると、黒く濡れた眼差しを私に向ける。

「お父さんのこと……俺も軽率だった。よくよく考えればおじさんが父と連絡を絶つなんて有り得ない話なんだ。それなのに、俺は真実を見抜けなかった。情けないよ」

「そんな……母や私だって信じてしまったんです。それに、父の意志も強かった。一旦そう決めたら、なかなか信念を曲げない人だから」

父はもう決めていたのだ。たとえ自分が犠牲になっても、恭輔さんを……私を守るのだと。

恭輔さんは切なげに息を吐くと、引き寄せるように私の背中に手を回す。

「そうだ。おじさんは柚と俺の幸せのためにやつらの策略に陥れられた。聡明なおじさんのことだ。他のことなら簡単に騙されたりしない。大切な人に危険が迫れば、誰だって冷静ではいられない。見返りを求めない本物の愛情にやつらは付け込んだんだ」

悔しげに眉根を寄せて、恭輔さんが視線を落とす。

彼の言葉に、私はまた父のことを思った。当たり前のように私たちを包み込んでいた父の愛情が、こんなにも深く強いものだったことに今さらのように気づく。

「私、これからは両親にもおじ様やおば様にも、もっとたくさん会って話をしたいです。私にできることなら何だってやりたい。今までもらってきた分、私もちゃんと返したい」

「柚……」

「それにお姉ちゃんやセルジュにも……みんなに伝えたいことがたくさんあるから、だから私、もっと色々なことができるようになりたい」

両親やおじ様やおば様、それに姉たちに、私はこれまでたくさんの愛や優しさをもらってきた。

でも、それほどたくさんもらっているのに、私はみんなに何も返せていないのだ。

何のとりえもない自分には、何もできないと思い込んでいた。

自分に……自信が持てなかった。

「柚、それは違う。君はちゃんと与えてる。みんなに……勇気を与えてるんだ」

恭輔さんの眼差しが静かに私を捉える。黒く澄んだ瞳が、優しい光を湛えている。

「梨花を縛っていた重い鎖を外して、背中を押してやっただろう。それに父だって、君に会ってから元の強い父の顔に戻った。おじさんだってこれからまた家族のために力を取り戻していくだろう。おばさんだって母だって、みんな君に力をもらったんだ」

「恭輔さん……」

「俺を守るためにひとりで紘輔を生んでくれた君に……そして紘輔という希望に、みんなが力をもらってる。だから柚、君はこれからもそのままの君でいればいい。ずっと側にいてみんなを……俺を照らしてくれ」

恭輔さんの声が掠れて、黒い瞳が静かに潤んだ。その美しさに、私は抗いようもなく見惚れる。

類まれな容姿と知性、そして誰をも惹きつけてやまないカリスマ性を併せ持つ恭輔さんは、人を束ねる天賦の資質を持つ特別な人だ。

どこにいても光を放つ彼の圧倒的な魅力から、私だって目が離せない。

けれど、今、目の前にいる恭輔さんは、そんな完璧な彼ではなかった。

ただ私だけを求めるたったひとりの人。世界中でひとりきりの私だけの最愛の人だ。

そっと手を伸ばして、彼の頬に触れた。両手で頬を包み込み、まぶたや額、そして唇に指先で触れる。私の……私だけの旦那様。

「柚……」

微かな囁きと共に手首を掴まれ、優しく身体を入れ替えられた。

ソファーの上で彼に組み敷かれ、荒々しく唇を奪われる。

走り出した情熱が唇の隙間から忍び込み、柔らかに絡め取られる。

夢中で受け止め彼に応えると、最初は労わるように絡められていた舌先が激しさを増した。狡猾に貪るように絡めては、私の隅々を味わうように蠢く。まるで私のすべてを、根こそぎ奪うような激しい口付け。

「柚……」

僅かに唇を離した合い間に、また彼が私を呼んだ。名前を呼ばれただけなのに、とろけるように甘い感覚が身体の奥から沸き上がってくる。

彼が好き。愛している。そんなありきたりな言葉では表現できない想いが、私の中で膨らんでいく。

「柚……君が姿を消してから今日まで、俺は自分がどうやって生きていたのか分からないんだ。何を食べて、何を話したのか……まるで思い出せない」

ひとしきり互いを味わい、ようやく唇を離した恭輔さんが低く呟いた。

ほんのすぐ近くで光る眼差しは深い悲しみに満ちて、何もかも吸い込んでしまうほどの漆黒が私を見つめている。

恭輔さんが私にだけ見せる悲しみ。そして苦しみが身体から伝わり、自分が彼に課した十字架が、どれほど重いものなのかを思い知らされる。

「だから……もう離れないで。ずっと俺の側に……」

切なげに言葉を吐き出す、彼の唇に自分から唇を重ねた。何度も、何度も。

「私、もう二度と恭輔さんから離れたりしません」

「柚……」

「約束します。だから……もう泣かないで」

激しい感情。その愛の深さの前に、私は言葉もなくただ頭を垂れる。

私たちを破滅させようとした彼らの感情は、きっと激しい憎しみだ。でもこうして私を責める恭輔さんの愛情も、一歩間違えば彼自身を破滅させてしまう諸刃の刃。

私だって、姉やセルジュが助けてくれなければどうなっていたか分からない。

私は愛の美しさと残酷さを恐れ、そしてまたその深い淵に堕ちていく。

何度も交わす神聖な誓いに、また恭輔さんの熱い情熱が私の身体に落ちてくる。

私の身体を余すところなく暴いて押し開き、果てしない愛を繋ぐ。

高まる鼓動。熱く湿った身体が重なり合い、彼が荒い息を吐く。

何度も身体を揺さぶられ、高く舞い上がっては揺れ堕ちてまた私の中が彼でいっぱいになった。

激しく打ちつけられる身体と身体。滴り落ちる汗と涙。そして甘い痛みに、私はただ声を上げる。

愛情と憎しみ、快楽と苦痛がせめぎ合う果てにただ彼への愛おしさだけが残るから。

「柚……まだ足りない。もっと、欲しい」

追い立てられるよう瞳を揺らす彼に、私はまた新しいキスを落とす。

私と彼の長く狂おしい夜が、密やかに更けていった。

家族の時間

カリカリのベーコンエッグと、温野菜のサラダ。カットしたフルーツやヨーグルトを並べた朝のテーブルに、うっすらと白い光が差し込んでいる。

人数分のカトラリーを並べ終えたタイミングで、キッチンから調理を終えたことを知らせるオーブンの電子音が柔らかに鳴り響いた。

「うん。私にしては上手に焼けた」

天板の上には、不揃いな形をしたロールパンが、背中を艶やかなきつね色に染めて鎮座している。火傷をしないように注意深く取り出すと、両手に嵌めたミトンでそっとお皿の上に並べていく。

帰国して恭輔さんと暮らすようになってから、早くも一か月が過ぎた。

十二月も中旬となり、季節はいつの間にか秋から冬に移り変わっている。

(恭輔さんと再会した時は秋だったのに……。本当に季節が巡るのはあっという間だ)

私はふと、ブルゴーニュの金色に輝くブドウ畑を思い出す。

本格的な冬を迎え、セルジュの畑は今頃うっすらと雪化粧をしているだろう。

紘輔を生んだ美しい土地での記憶が胸を過ぎり、いつかあの風景を恭輔さんと紘輔と三人で見てみたいと心から思う。

「おはよう。……いい匂いだ」

「まま、おはよう」

顔を上げると、紘輔を片手に抱いた恭輔さんがリビングに入ってくるのが見えた。

くるりと身体を反転させて彼の手から床に放たれた紘輔に笑顔を向けながら、キッチンに入って来た恭輔さんが私の背後からハグをしてくれる。

「すごく美味しそうだ。柚が焼いたの？」

「今日は早起きしたから……。これ、向こうでセルジュのお母さんに教えてもらったんです」

彼に抱かれたまま振り返えると、目が合った恭輔さんが「……そうか」と優しく言う。

あの地域の食卓を飾るのはワイン酵母を使ったハード系のパンが主だけれど、セルジュのお母さんはまだ小さな紘輔のために、毎朝柔らかいロールパンを焼いてくれた。

与えられていた無条件な優しさを思い出し、胸に温かさが灯る。

「恭輔さん、ブドウ畑の風景を覚えてますか」

「ああ。とても美しい場所だったな。俺が見たのは車窓からだけだけど、夕暮れ時は金色に輝いて見えた」

「どの季節もそれぞれとても素敵なんです。あの景色を見れば、私、いつも元気になれて」

姉やセルジュの家族に囲まれて紘輔を育てた日々は幸せに満ちていたけれど、ずっと私の胸を焦がしていたのは、恭輔さんへの想いだった。

最愛の人に良く似た宝物を慈しみながら、彼に会いたい、黒く湿度の高いあの瞳に見つめられたいと、叶わぬ想いを密かに抱きしめていた。

切なさに満ちたあの頃の気持ちを思い出し、私の胸がきゅっと音を立てる。

視線を落として黙り込んでしまった私に、恭輔さんがそっと首筋に顔を埋めた。

柔らかな唇が肌に触れ、昨夜の余韻がざわりと肌に広がる。

「そんな顔をされると、また柚を抱きしめたくて堪らなくなる」

「恭輔さん……」

「これ以上俺を切なくさせて、いったい柚はどうするつもりなんだ」

恭輔さんはそう言うと強引に身体を引き寄せ、私の唇にキスを落とす。

「ままーおなかすいたー。あっ、ちゅーだ……っ」

パタパタと足音をさせてキッチンへ走り込んできた紘輔が、私たちを見て弾かれたように笑う。

「それじゃ、紘輔にも……ちゅーだっ」

紘輔を抱き上げた恭輔さんが、紘輔のほっぺたに何度もキスを落とす。キャーと逃れながら、足をバタバタさせる紘輔が声を上げて笑っている。

とても幸せな、私たちの朝の風景。


あれから、私は紘輔を連れて実家や恭輔さんのご両親のところへ何度も足を運んだ。

そのたびに両親たちには笑顔が増え、それぞれが以前の活気を取り戻している。

特に父と母の気力の回復は目覚ましく、今では毎朝ふたりで軽いランニングをするほどだ。

持病の悪化で体調を崩していたおじ様も、以前にも増して積極的に治療に取り組み、主治医も目を見張る回復ぶりだという。

両親と姉夫婦との交流も、最近は活発だ。

以前は母に対して細々と近況報告することしかなかった姉だが、パソコンの大きな画面で父との対話を楽しむようになった。

今ではセルジュやセルジュのご両親も含めて交流が持たれ、来週イベントで来日する姉とセルジュに会えるのを、両親も心待ちにしている。

何もかもが良い方に進む毎日に、幸せな気持ちが溢れて止まらない。神様に感謝してもしきれない。

でも……私の心の奥底には、あの悪意に満ちた叔父や柏原さんの存在が、未だに陰を落としている。

彼らがもしまた何かしたら……と、時々怖くて堪らなくなるのだ。

「柚！　紘輔がお腹を減らしすぎて暴れてるぞ」

「ままー、はやくっ」

大小ふたつのそっくりな顔が並んで、私を呼んでいる。

（そうだ。私には恭輔さんと紘輔、それに家族がいる。みんながいれば、何をされたって負けたりしない）

「はーい。すぐに持って行くから、テーブルを片付けて！」

私はきゅっと唇を引き締め、朝の支度に精を出すのだった。

三人揃っての和やかな朝食を終えると、恭輔さんはすぐに家を出る準備を始めた。

爽やかなスーツ姿へとすっきりと身支度を整え、迎えを待つ。

やがて約束の時間きっかりにインターフォンが鳴って、液晶モニターに秘書の黒川《くろかわ》さんの姿が映り込んだ。

『おはようございます』

「おはようございます。真田はすぐに参りますので」

毎朝礼儀正しく頭を下げてくれる黒川さんに緊張しつつ、見えないと分かっていても私も頭を下げる。

黒川さんは恭輔さんの公設秘書。党本部で開催される部会に出席するため、毎朝午前七時半にはこうしてマンションまで迎えに来てくれる。

「柚、それじゃ、行ってくる」

「はい。恭輔さん、お仕事頑張ってください」

「ああ。柚も紘輔も、外出する時は気をつけるんだぞ」

恭輔さんはそう言うと、玄関先まで見送る紘輔の頭をくしゃくしゃと撫で、私に触れるだけのキスを落とす。

パタン、と扉が閉まって気配が消えると、鍵をロックして紘輔とふたりリビングに戻った。

「パパ、お仕事行っちゃったね」

「パパ、いっちゃった」

（えっ、今、パパって言った？）

驚いて目を見開く私をその場に残し、紘輔はパタパタと駆け出してソファーによじ登って遊んでいる。

弾けるような笑顔で遊ぶ我が子を見つめながら、私の心にじんわりと温かな気持ちが溢れた。

日本にやってきてすぐ『紘輔のパパはこの人だよ』と恭輔さんのことを伝えはしたけれど、まだ幼い紘輔にはよく理解できていない。

恭輔さんは『こういうことは肌で感じるものだから、時間が掛かって当たり前』と鷹揚だけれど、私としては早く紘輔にも彼がパパなのだと分かってもらいたいと思ってしまう。

（私が言ったのを真似しただけ？）

他愛のないことなのに、胸が締め付けられるほど嬉しい。

ここで暮らし始めてまだ一か月だけれど、恭輔さんの愛情をたっぷり受け、紘輔はまるでここがずっと自分の居場所だったようにのびのびと毎日を送っている。

フランスから日本へと環境が大きく変わったこともあり、恭輔さんの提案で来月から週に二回ほど知り合いが経営する幼稚園に遊びに行かせてもらうことにもなっている。

この幼稚園は充実した満三歳児保育が人気で、その前段階として二歳児を対象にしたプレ保育があるらしい。

今は生活に慣れることが最優先だから無理はしないつもりだけど、この機会に紘輔には色々なことを体験して欲しい。

もともと好奇心旺盛な紘輔だから、新しい環境できっとたくさんのことを吸収するだろう。

日本に帰国してからの短い間にも、紘輔の心と身体は目に見えて成長している。

毎日できることが増え、言葉や感受性も豊かになって笑顔が増えた。

恭輔さんが与えてくれる愛情に満ちた時間が、紘輔と私をどんどん強く大きくしてくれている。

(私たち、もう家族なんだ……)

胸に溢れた喜びに、私は幸せを噛みしめる。

おじ様と父に保証人になってもらった婚姻届は、あの後すぐにふたりで役所に届けに行った。紘輔の認知もその時一緒に済ませ、私たちは晴れて正式に家族になることができた。けれど正式な発表は、恭輔さんの考えでまだ控えている。

私と紘輔の存在を知っているのは、家族の他には黒川さんだけだ。

元はおじ様の第一秘書だった黒川さんは四十代半ばの元警察官僚で、現役時代おじ様の片腕と言われていた優秀な人だ。

私も何度か顔を合わせたことがあったけれど、誰に対しても分け隔てのない謙虚で誠実な印象は、その頃からまるで変わらない。

あまり多くは語らない人だけど、彼の私たちを見る目には優しさが溢れている。

多忙な恭輔さんに代わって時おり着替えを受け取りにくることがあるけれど、その都度スイーツやささやかな紘輔のおもちゃを差し入れてくれるなど私たちに優しい配慮をしてくれる。

きっとまだ心もとない私たちの生活を案じてくれているのだろう。

そんなさりげない優しさを肌で感じて、私も紘輔も彼のことが大好きだ。

きっと恭輔さんにとっても、心強い存在なんだと強く思う。

「紘輔、今日は何をして遊ぼうか。すごく良い天気だよ」

ソファーでごろごろと転がる紘輔を抱き上げ、ふたりで窓の外を眺める。

新しく始まった私たちの生活に、薄い冬の朝日が優しく降り注いでいた。


それから午後まで、部屋でゆっくり過ごした。

いつの間にか眠ってしまった紘輔がお昼寝からもぞもぞと起き出したのは、もう陽も傾いた頃だ。

「まま、こう、こうえんいきたい」

紘輔が言っているのは、マンションの敷地内に併設された小さな公園のことだ。

私たちが住んでいるのは、閑静な住宅街の中にひっそりと佇む三階建の低層マンション。タワーマンションのように大規模ではないけれど、すべての部屋が南向きでとても陽当たりが良い。

それに周囲には公園や学校、病院も多く点在しているから子育てには最適な環境だ。

この一か月、何度か散歩して近くに手頃な公園があることは分かっていたけど、恭輔さんはまだ私たちふたりで行くことを許してくれない。

だから私たちが遊べるのは、敷地内の小さな公園だけだ。

「紘輔、もう夕方だからちょっとだけだよ」

「うん！」

動きやすく温かな服に着替えさせてエレベーターに乗り込むと、紘輔は扉が開くと同時にエントランスに飛び出した。

自動扉を駆け抜け、すぐ横にある公園へと駆けていく。

すると小さな砂場の中で、紘輔ぐらいの男の子がひとり遊んでいるのが目に入った。

「あっ」

紘輔はその姿を見つけると、嬉しそうに声を上げてパタパタと走っていく。

ドキドキしながら、私もその後を追った。

（これって、公園デビューっていうやつになるのかな……）

今まで何度か遊んでいるけれど、ここで誰かに会うのは初めてのことだ。

フランスでは近くに同じ年頃の子どもがいなかったから、紘輔はこれまで友達と遊んだことがない。

（紘輔、上手く遊べるかな……）

ドキドキしながら見守っていると、紘輔は特にトラブルを起こす様子もなく自然に男の子と遊んでいる。

ホッとすると同時に、笑顔で笑い合う子どもたちの姿に心癒される。

すると遠巻きにこちらを見ていたママが、おずおずと近寄ってきてくれた。

「こんにちは。お子さんは何歳ですか」

「二歳です。あの、そちらは……」

「うちも二歳なんです。良かった。仲良く遊んでますね」

背格好の良く似たふたりは、いつの間にか打ち解けて仲良く走り回っている。

そんな些細な光景に、胸がいっぱいになった。

するとその時、私の背後に何かを見つけた紘輔が弾けるような笑顔を浮かべる。

「パパっ」

紘輔が笑いながら私の横を走り過ぎていく。

「紘輔！　ただいま」

良く通る低い声が聞こえて、振り向くとそこに恭輔さんがいた。呆然として立ちすくむ私の横で、恭輔さんに向かってお友達のママが笑顔で会釈している。

紘輔を抱き上げた恭輔さんも、優しい笑顔で彼女に頭を下げた。

「こんにちは。息子がお世話になっています」

「こちらこそ。今日お友達になったばかりなんです」

「そうですか。これからもよろしくお願いします」

恭輔さんはママに笑顔を向けながら、泣き出しそうな私の背中にそっと手を添えてくれる。

動き出した私たちの時間が、今、確かなリズムで時を刻み始めていた。

悪事の果て

空港の到着ロビーで待っていると、人並みの中に荷物を山積みにしたカートを押したセルジュと姉の姿を見つけた。

ぶんぶんと手を振る私と紘輔を見つけるや否や、姉の大声が辺りに響き渡る。

「柚！　紘輔！」

私の隣にいた人がびっくりしたように姉に視線を向けている。良く通る姉の声。本当に姉は、何をやっても一番なのだ。

「お姉ちゃん、セルジュ、お帰りなさい」

「ただいま。あれ、紘輔、ちょっと背が伸びたんじゃない？」

セルジュの長い脚に纏わりつく紘輔を、姉が眩しそうに見つめている。

「うん。背はちょっと、体重はもっと増えたよ」

「そうだよね。ちょっとがっしりしたもん。恭輔の遺伝子、恐るべしだね」

姉はそう言うと、ホッとしたように私を見つめる。

「それに……柚も元気そう。それにすごく良い顔してる。恭輔はちゃんとやってるんだね」

「うん。それにお姉ちゃん……通話の時には話せなかったんだけど、お父さんのことでも進展があったの」

「その話は恭輔から聞いてる。柚、とにかく行こう。セルジュと紘輔が待ってる」

姉は宥めるように私の肩を抱くと、出口の手前で待つセルジュと紘輔の元へと急ぐ。

空港の外へ出ると、恭輔さんが用意してくれたハイヤーに荷物を積み込み、都内のホテルへと向かった。

今回、セルジュたちが来た目的のひとつである世界のワインフェスティバルは、明日から広い会場で大々的に開催される。

大手商社や飲料メーカー、省庁などが協賛したこの大きなイベントには、世界中から多くのワイナリーが出展している。

もちろんセルジュたちが誇る世界最高峰のワイン産地、ブルゴーニュからもいくつものドメーヌが参加している。

恭輔さんも先輩の代理とはいえ視察に参加した関係上、仕事を調整して視察に回る予定だ。

「でもホテルを取ってくれるなんて、恭輔も気が利いてる。ね、セルジュ」

「うん。とても嬉しい。それにリンカの家族に会えるのも楽しみだ。僕、お父さんに叱られるかもしれないけどね」

「大丈夫。お父さんもお母さんも私が幸せならいいのよ」

姉はそう言うとセルジュの耳元でフランス語で何かを囁き、とろけそうな目をして笑っている。相変わらずラブラブなふたりの様子に、幸福で心がふわふわしてしまう。

一時間あまり車に揺られて都内のシティホテルに到着すると、ホテルの人に案内されてエレベーターに乗り込んだ。

最上階で下りて案内された先は、一番ゴージャスなスイートルームだ。キーを翳して部屋に入ると、磨き上げられた硝子窓からは東京の街並みがひと目で見渡せる。

「ちょっと……ここってスイートルーム⁉　こんなとこ、お金払えないよ……」

姉が呆然と言い放ったところで、部屋に来客を知らせるチャイムが鳴った。

紘輔と一緒に扉を開けるとそこにはおじ様とおば様、それに両親の姿がある。みんなを伴ってリビングに戻ると、両親が部屋に入るや否や姉が泣き出した。

そんな姉に、母が駆け寄る。

「梨花、元気だった？　……嫌だ、私ったら、一昨日ビデオ通話したわよね」

母も泣きながら、母にしがみ付いて離れない姉の背中を撫でている。

セルジュはそんな姉の姿を、美しい緑の瞳で愛おしげに見つめている。

「梨花の父です。セルジュさん、娘がふたりとも大変お世話になった。改めてありがとう」

父はセルジュの元へ近寄ると、彼に向かって深々と頭を下げた。

日本の作法を知らないセルジュは、恐縮しながら自分も頭を下げている。

「いいんだ。セルジュさん、君は頭なんて下げなくていい。私のふたりの娘と孫を助けてくれて本当にありがとう。君と君の家族に対するこの大恩は、一生かかって返していくつもりだ」

そう言って何度も頭を下げる父の姿に、姉も私も涙が溢れて止まらない。

あまり日本語が分からないセルジュに泣きながら姉が通訳すると、セルジュは何度も首を振りながらフランス語で姉に何かを訴えている。

「ユズもコウも大切なリンカの家族なんだから自分や両親にとっても家族だって。だから力になるのは当たり前だって。お父さんとお母さんとも家族になれて嬉しいって」

姉が伝えるセルジュの言葉に、父の目にも光るものが現れる。

父の背中に手を添える母と、父に縋り付いて涙を流す私と姉を、セルジュやおじ様たちが見守っている。

「ままのじーじ、ないちゃ、ダメ！」

紘輔の手が父の手を握った。小さな、柔らかで無垢な手が武骨な父の手に触れる。

父の顔に強く頼もしい表情が浮かび、大きく息を吐いておじ様に視線を向けた。

互いに頷き合う力強さが、ふたりの長年の絆を強く感じさせる。

「そうだな。私はもう泣かんぞ。まだやることがある。……そうだろう、真田」

「ああ。まだまだ老け込む訳にはいかん。……梨花ちゃん、この部屋は私たちからの心ばかりのお祝いだ。結婚おめでとう。君が幸せで本当に良かった」

「おじ様、おば様……」

おじ様とおば様の優しい眼差しに、姉の目にまた涙が溢れる。セルジュが優しく肩を抱き、姉の髪を撫でた。

フランス人イケメンのスマートな対応に、母とおば様の目が爛々と輝いている。

本当にこのふたりの母親は、肝心な時にはいつも肝が据わっている。

姉とセルジュを残してスイートルームを後にすると、私は紘輔と反対側にある同じ造りの部屋へ向かった。

今日はおじ様の配慮で、それぞれがみんな部屋を取ってもらっている。両親とおじ様たちの部屋はひとつ下の階。それに夜はみんな揃って食事をする予定が入っている。

(みんな一緒に食事なんて、いつ以来のことだろう)

私が子どもの頃には、頻繁にそれぞれの家を行き来して食事を楽しんだものだった。

またそんな楽しい時間を過ごすことできるなんて、いったい誰が想像しただろう。

いや、セルジュや紘輔も増えて、昔以上に楽しい時間が過ごせるに違いない。

(みんな笑顔で会えるなんて、まるで夢みたい……)

紘輔とふたり広いリビングの立派なソファーに身体を預け、私は幸せの余韻を噛みしめる。

(恭輔さん、早く来ないかな。何だか恭輔さんに会いたくなっちゃった……)

今日は土曜日だけれど、恭輔さんは朝から会合や地元市議の来訪など分刻みのスケジュールをこなしている。何とか夕方からの食事会には間に合わせると走り回っている彼に、この幸せな気持ちを早く伝えたい。

「ママ、ふかふかだね」

ソファーに身体を投げ出す私のお腹の上に、紘輔がくすくす笑いながら乗っかってきた。

「うん。ふかふか。気持ちいいね」

「うんきもちいいね。パパもはやくきたらいいね」

その言葉に、思わず小さな身体を抱きしめた。

きっともうすぐ来るよ。

あなたのパパはこれからずっと、必ず私たちの元に帰ってきてくれるから。


「……ず。柚。そろそろ起きて。準備しないと」

「ん……」

薄く開けたまぶたの隙間から、私を覗き込む恭輔さんの顔が目に入った。

肌に触れる上質のウール。甘い記憶に結び付けられた彼の香りに刺激され、急激に意識が覚醒する。

ハッとして、ぱちりと目を開けた。

「おはよう、奥様。……起きた？」

「えっ、あ、あの……」

あたふたと動揺するのも無理もない話だ。気がつけば私は、いつの間にか恭輔さんに膝枕されている。

初めて経験する状況に、動揺で胸の鼓動がバクバクと大げさに鳴り響いている。

「すごくよく寝てたから、しばらくこうしてた」

「あ、あの、紘輔は」

「ああ。あいつも良く寝ていたから、ベッドに寝かせてる」

恭輔さんは澄ました顔でそう言うと、壮絶に色っぽい眼差しで私を見つめる。

（こ、こんな風に見下ろされるの、何かすごくドキドキする……）

それに恭輔さんは、無造作にネクタイを緩めてシャツの襟元を大きく開けたこの上もなくしどけない姿だ。

いつもは鋭さを感じさせる黒い瞳が今はどこか憂いを帯びた繊細さを纏っていて、油断したら本当に彼の瞳の中に吸い込まれてしまいそうに感じてしまう。

一緒に暮らし始めてから毎日のように彼に愛されているというのに、まだこんなに妻を惑わすなんて、なんて罪作りな人だろう。

「柚にキスしたいと思って、起きるのを待ってた」

「え……」

「寝顔も可愛いけど、起きてる柚の方がもっと可愛いからな。それに……反応だって可愛いし」

恭輔さんはそう言うと、そっと私の身体を起こして隣に座らせる。そして、ゆっくりと顔を傾けて唇を重ねた。

食むように唇を挟んでは吸い付き、つっと引っ張ってぷるんと解放する。そんな悪戯を何度か繰り返し、やがてゆっくりと深く、濃く唇を交わらせる。

絡まって、蜜を吸って。いつまでも続くまるで味わうようなキスに夢中になる。

柔らかな感触と首筋から漂う彼の香りに酔い、身体がくったりと力を失ってしまう。

「……柚、そんな顔するな。キスだけじゃ済まなくなるだろう」

「……だって」

恭輔さんが膝枕なんてするから……そんなキスをするからだ。抗議の言葉の代わりに胸に凭れ、彼の体温が伝わるシャツにそっと顔を埋めた。

こんなにも好きが溢れてしまうのは、相手が恭輔さんだからだ。

恭輔さんは困ったように目を細めると、私の手を取って手首の内側に唇を押し付ける。

「柚、もうそろそろ着替えて食事会に行く準備をしよう。久しぶりにみんなが揃うんだ。遅れたりできないだろう？　……今夜は母も柚のお母さんも紘輔を預かりたいと言ってくれてるんだ。もちろん紘輔次第だけど……俺たち、結婚式も新婚旅行もなかったからって」

恭輔さんの言葉に、頬がじんと熱くなった。

恥ずかしい。

でも、嬉しい。

何も答えられずに俯く私を、恭輔さんが手を取って立ち上がらせてくれる。

「柚、紘輔は俺が見てるから、シャワーを浴びて支度しておいで。とびきり綺麗な柚を見せて」

背後からぎゅっと抱きしめられ、首の後ろにキスを落とされる。

ふわりと背中を押す指先から流れ込むのは、果てしない愛。

夢のように幸せな気持ちで、私はバスルームへと向かった。

食事会が予定されている広いバンケットルームに足を踏み入れると、もうすでにみんなが集まっていた。慌てて駆け寄り、頭を下げる。

「お待たせしました。遅くなってごめんなさい」

「大丈夫。まだ予定の時間じゃない。それにしても……姉妹が揃うと一段と綺麗だな。まるで花が咲いたみたいじゃないか」

おじ様がそう褒めてくれると、両親や恭輔さん、それにセルジュまでもが満足そうに笑顔を浮かべる。嬉しさと恥ずかしさで顔を赤くしながら、私はおじ様たちに向かってもう一度頭を下げた。

「おじ様、おば様、今日はこんな素敵な機会を作ってくださって本当にありがとうございます」

今日のこの食事会は私と恭輔さんが晴れて家族になったお祝いと、姉の結婚のお祝い、それに久しぶりに両家が揃う記念として真田家が主催になって催してくれた宴だ。長い間散り散りになっていた両家が揃い、またこうして笑い合うことができる喜びに、胸がいっぱいになってしまう。

おじ様は首を振りながら、穏やかな微笑みを浮かべる。

「いや、柚ちゃんやみんなに辛い思いをさせたのは、私の認識が甘かったからだ。私の方こそ……すまなかった」

「おじ様……」

「柚ちゃん、これからはずっと笑顔で過ごしましょう。それに、もうそろそろおじ様はやめてお義父さんと呼んであげてちょうだい。私のことは……そうねえ、ママとでも呼んでもらおうかしら。だって、瞳子さんと被っちゃうでしょう」

紘輔を抱っこしてしながら悪戯っぽく言うおば様の言葉に、温かな笑い声が起こる。

「柚ちゃん、梨花ちゃん、今日は本当におめでとう」

背後から小さな声が聞こえて振り向くと、車いすに座った叔母が私たちに向かって笑顔を浮かべている。

「真知子おばさん！」

驚いて姉と一緒に駆け寄り、両側から彼女の傍らに屈み込む。

父の妹である真知子叔母さんは幼い頃から身体が弱く、まだ若い頃に難病を発症して以来、車いす生活を送っている。

十五年ほど前に人の紹介で出会った尾藤氏と結婚したが、数年前からはすっかり会う機会がなくなっていた。

私たち家族がいくら会いたいと願っても、尾藤氏に『家内が会いたがらないから』と撥ねつけられていたのだ。

「来てくださったんですね。嬉しい。会いたかった」

尾藤氏と結婚する前は叔母のいる父の実家へよく遊びに行き、手先の器用な叔母に刺繍やビーズ細工などを教えてもらっていた。

しかし父の両親が相次いで亡くなり、ひとりになった叔母と尾藤氏が結婚してからは、父と叔父の折り合いが悪かったこともあり次第に疎遠になってしまった。

叔母は私たちの手を代わる代わる握り、目に涙を浮かべて笑ってくれる。

若い頃から父の自慢の妹だった叔母は相変わらず美しかったけれど、顔色悪く痩せて、見るからに具合が悪そうだ。

胸が詰まるような思いで父に視線を向けると、燃えるような強い瞳で頷いてくれる。

「柚ちゃんも梨花ちゃんも、本当に綺麗な花嫁さんね。ふたりともとても素敵よ」

叔母は姉と私をしげしげと見つめると、大きな二重の目を輝かせる。

今日の姉は、目が覚めるような赤色のAラインワンピースを身に着けている。

ノースリーブのデザインが姉の手足の長さを際立たせ、タイシルク独特の光沢がはっきりした美貌を輝かせる。思わず見惚れてしまう美しさだ。

一方、私が纏っているのは淡いピンクのワンピース。

上半身はシルクサテンのタイトなデザインだが、袖とスカート部分にはふんわりしたシフォンが幾重にも重ねられて、私が歩くたびに可憐に揺れ動く。

さっき部屋で支度した時には、恭輔さんに無言で見つめられた後『言葉にできないくらい綺麗だ』と何度もキスをされて……すごく嬉しかった。

「本当。ふたりともすごく綺麗だわ。さすがは瞳子さんが腕によりをかけて選んだだけのことはあるわね」

「あら、蔦子さんが選んだ花婿の衣装だって素敵よ」

姉の隣に佇むセルジュが着ているのは白いフロックコート。着る人を選ぶデザインだと思うけれど、緑の瞳と甘い顔立ちをしたハンサムなフランス人の彼には、これ以上ないほど似合っている。

そして……。

「柚、そろそろ席に着こうか。皆さんもどうぞ。食後には少し趣向を凝らしたショーも用意しておりますので」

叔母に丁寧にお辞儀をして私の手を取る恭輔さんは、漆黒のタキシードを身に着けたスタイリッシュな姿だ。

セルジュに負けない逞しい体格にシンプルなタキシードが怖いくらい似合っていて、彼を見るたび胸のときめきが止まらない。

「柚、こっちへおいで」

恭輔さんに誘われて席に座ると、同じテーブルに座っているおば様……ママが紘輔を膝に乗せてくれている。隣のお義父さんの、紘輔を見つめる目が優しい。

それから、とても楽しい食事が始まった。

フレンチのフルコースはどのお皿も美しさと美味しさが詰まった完璧なお料理だったし、食事が終わればみんなが席を回って、飽き足りないほどのおしゃべりに花が咲いた。紘輔も幼児用のメニューを用意してもらい、お腹がパンパンになるほどご馳走を堪能した。

お腹も心も満たされ、そろそろお開きといったタイミングで、恭輔さんが年配の女性を伴って私たちの側へやってくる。

「柚、紘輔はもう眠りそうだろう？　ベビーシッターさんを頼んだんだ。先に部屋に戻っててもらおう」

恭輔さんはそう言うと、私の膝でうとうとし始めた紘輔を抱き上げて彼女に託す。

その優しそうな笑顔に、一瞬目覚めた紘輔もくたりと彼女の胸に顔を預けて眠ってしまった。

「ぼっちゃまをお預かりいたしますね。奥様、何かあればすぐにご連絡を差し上げますので」

いかにもベテランのシッターさんが紘輔を抱いて出て行ってしまうと、会場の前方に突然大きなプロジェクターが下りてくるのが見えた。

何だろう、と不思議に思っていると、その傍らに黒川さんが立っているのに気づく。

あっと思い、私は隣に座る恭輔さんに視線を向ける。

「恭輔さん、黒川さんが……」

すると視界に、息を呑むほど冷たい恭輔さんの横顔が映り込んだ。見たこともない、声を掛けることもできないほどの冷酷さに、思わず言葉を飲み込んでしまう。

恭輔さんは私に視線を向けると、真剣な顔で言った。

「柚、これから何が起こっても家族の側を離れるな」

「恭輔さん、いったい……」

問いかける私の言葉を遮るよう、恭輔さんは席を立つと会場の前方へ向かって歩いて行く。

私たちが座る円卓の十メートルほど先では、プロジェクターの正面に向かって、黒川さんがパイプ椅子を並べている。

私たちの席とプロジェクターのちょうど中間にふたつ、そして少し離れた入り口付近にひとつの椅子が並べられると、入り口付近に立っていた黒川さんが恭輔さんに向かって合図を送った。

恭輔さんが頷くと、黒川さんが口元を押さえて何かを呟く。すると次の瞬間、会場から照明が消えた。

「何かしら」

隣に座ったおば様ことママが、困惑した声で囁く。

いつの間にかさっき並べられた真ん中のふたつのパイプ椅子にスポットライトが当たっている。そしてほどなく、入り口から足元をペンライトで照らして誘導される人影が入ってくるのが見えた。

（……誰なの？）

突然始まった奇妙な趣向に、誰もが言葉もなく緊迫した視線を向けている。

やがてパイプ椅子まで辿りついたふたりの人物の姿が、スポットライトで煌々と照らされた。

尾藤専務と愛奈さんだ。

ふたりは明らかに不満そうな顔をしながら、渋々と腰を下ろす。ライトが落ちた暗闇の中で、背後にいる私たちの存在に気づく様子もない。

尾藤専務と愛奈さんに当たったスポットライトが消え、時間差で入り口付近の椅子にも誰かが座った。

するとすぐに、プロジェクターに映像が流れ始める。

白々と写し出される白黒の映像に、くぐもった音声が加わった。

『お父さん、急に挨拶なんて頼まれて、本当に大丈夫なの？』

『恭輔君に直接頼まれたんだ。もう一度会長にしてもらえるかもしれないんだから、断るわけにはいかないだろう』

映像には、会議室のような場所に座る三人の人物が映っている。

尾藤専務と愛奈さん、それに柏原さんだ。

映像を取られていることにまったく気づく様子もなく、会話は続く。

『だけどなぁ、俺はこういうのは苦手なんだ。彰《あきら》、お前が考えてくれよ。いつもみたいにちゃちゃちゃっとよ』

尾藤専務の言葉に、それまで彼らと離れて座っていた柏原さんが立ち上がり、近寄ってくる。

『ちょっと……あんた、こんなところで近寄ってこないでよ。大体、あんたどうしてこんなとこにいるの。あんたと私たちは、ここじゃ何の関係もないことになってるんだからね。誰かに見られたらどうするのよ』

『そんなこと言ったって仕方ないだろ。姉さんの大事な御曹司が急に仕事を振ってきて、ここでやれってお達しなんだからさ。それに父さんはこういうの全然できないこと知ってるだろ。社長の仕事だって、姉さんが手伝ってようやく回してるんだし……ったく、あいつも何でこんなこと突然言ってくるんだろ。ほんと、お殿様は自由でいいよな』

柏原さんは、尾藤専務の手からメモとペンを取り上げると、ふたりの側に座って何かを書きながらぞんざいな口調で言う。

『それより、金は大丈夫なんだろうな？　もう三年だぞ。すぐにでもどうにかするようなこと言っといて、ほんと父さんも姉さんも当てにならないよね』

『真知子の実印がどうしても見つからなくてな。もっと早く死ぬと思ったのに、思ったよりしぶといやつだ』

『姉さんはどうなの。玉の輿に乗って俺に援助してくれるって、息巻いてただろ』

『まぁ、もう少し待ちなさいよ。最近、ようやく上手くいき始めてるんだから。この間、事務所の前で待ち伏せしてたら食事に誘われてね。恭輔さん、やっと私の魅力に気づいたみたい。ふたりで高級なレストランで食事して、雰囲気のいいレストランで食事して……』

『……それで、やったのか』

『それは……まだだけど。でも時間の問題じゃないかしら。別れ際に手を握って『帰りたくない』って言ったら、私をじっと見つめて名残惜しそうに「今日はこれで」って。それって、次は帰さないぞってことじゃない？　それに今日だって、お父さんと一緒に是非って誘ってもらったのよ』

耳を塞ぎたくなるような会話が続き、胸がぎゅっと苦しくなる。

堪らなくなって思わず視線を落とすと、隣に座っていたお義父さんが私の背中にそっと手を当てた。

目を逸らしてはいけない、そう言われた気がした。

『父さんも姉さんももっと真剣にやってよ。ふたりは気楽だろうけど、俺は実行犯なんだぜ。あの女子高生を仕込んだのだって俺ひとりでやったんだから、リスクが高いんだ。さっさと金をもらって、早く海外に行きたいんだよ』

『まぁ、もう少し待て、彰。愛奈が早いか俺が早いか、どのみち時間は掛からんだろう。真知子だって、いつ不慮の事故に遭うか分からんからな』

『お父さんたらやめてよ。そんなことしたら気味が悪くて、あの家に住めなくなっちゃうじゃない。あんな洋館なかなか住めるもんじゃないわ。友達にも自慢できるし』

『そうか？　俺はとっとと売り払ってタワーマンションに住みたいけどな。愛奈が嫁に行ったら、俺の好きにするか。お前が政界の御曹司の嫁になったら、あんな古ぼけた家必要ないだろう』

くくっと笑う、尾藤専務と愛奈さんの卑劣な声が聞こえる。怒りに震えながら、私はぎゅっと手のひらを握った。きっと席に着いている全員が同じ気持ちだろう。

するると柏原さんが、唐突にふたりに向かって言った。

『ほんとあんたら、最低な人間だよな』

『何よ、いきなり。あんただって同じようなもんでしょ。ってか、あんたは犯罪者だしー』

茶化したように語尾を伸ばす愛奈さんに、柏原さんが白けたように言う。

『ほんと最低。最低な家族だよ。あの家族とは大違いだ』

『あの家族って、梨花ちゃんちのこと?』

『……そっ。すげえ絆が強くて、お互いのことを想い合ってる絵に描いたような幸せな家族。ああいう人たちって大事な家族が不幸になるのが一番嫌だから、そこに付け込めば騙すの簡単だった』

会場に柏原さんの言葉が響き、次の瞬間に映像と音声が途切れて照明が灯った。

入り口の側に置かれたパイプ椅子の側で、数人の男性が揉み合っているのが見える。

目を凝らすと、ダークスーツを着た複数の男性に、柏原さんが身体を押さえられているのが分かった。

「い、いったい何なんだっ。わ、私は帰るぞっ」

「そ、そうよ。私は関係ないわっ」

大きな声を上げた尾藤親子が席を離れようとしたところで、また数人のダークスーツの男性たちがバラバラと会場へ走り込み、逃げようとするふたりの身体を拘束した。

黒川さんに促され、男性たちが尾藤親子と柏原さんを会場の真ん中まで連れてくる。身のこなしから、警察関係の人たちだとすぐに分かった。

恭輔さんは三人の前に立ち、冷たい、冷酷な表情で彼らを見下ろしている。いつの間に移動したのか傍らには父やお義父さんの姿もある。姉と一緒に真知子さんの車いすを押し、私も彼らの背後に立った。

「は、離せっ。……恭輔君、これはいったいどういうことかね。私たちは君に呼ばれて、食事にきただけじゃないか」

「そ、そうよ。お願い。乱暴はやめて。ね、落ち着いて話をしましょう」

媚びるような視線を向ける愛奈さんに、恭輔さんが冷たい声で畳みかける。

「あの映像を見たでしょう。観念してください。あなたたちはもうおしまいだ」

「何だとっ……お前、盗撮したのかっ……そんなもの何の証拠にもならないぞっ」

「盗撮ではありませんよ。うちの事務所の防犯カメラです。最近は物騒な事件が多いですからね。それに、万が一にも我が事務所で悪事の相談などされては一大事ですから」

恭輔さんはそう言い捨てると、ふたりがかりで抑え込まれて膝をつく柏原さんに視線を向ける。

「君のことを調べさせてもらったよ。……君は、尾藤氏の息子なんだってね」

「知らない、俺は何も……」

「十五年前、君は離婚したお母さんに引き取られお姉さんと離れ離れになった。その後お母さんは何度も再婚と離婚を繰り返して、君が中学の時には行方が分からなくなった。お姉さんとは双子だったんだね。だから絆もいっそう強かったのかな」

どこか痛ましい視線を向けた後、恭輔さんは淡々と言葉を続ける。

「偽造した俺の写真で青木氏を脅迫し、彼が示談のために少女に会った場面を隠し撮りして柚とお母さんを騙した。単純な方法だが、お父さんが真実を明かさないよう細工したのは見事だ。俺たちを大切に思えば思うほど、お父さんは決して真実を口にしないからな」

ハッとして顔を上げた柏原さんの側に、不意に恭輔さんが膝をついた。そして乱雑に胸ぐらを掴むと、苦悩に満ちた表情で彼を睨みつける。怒りと悲しみに満ちたその眼差しに胸を突かれた。

「そ、そうだ。そいつが勝手に金欲しさにやったことだ。俺は何も知らん」

「わ、私たちだって被害者だわ。こんな疑いを掛けられるなんて迷惑も良いところよ！」

醜いふたりの言い逃れに、柏原さんの顔が歪んでいく。

「……お笑い草だな。こんなに何度も捨てられるなんて」

柏原さんはそう呟くと、カッと目を見開いて恭輔さんの腕を掴んだ。迷子の子どものように寂しい、悲しい目をしていた。

「父に頼まれて、選挙事務所に潜り込んだんだ。この計画を実行するには、誰かが内側に入り込む必要がある。お前は面が割れていないから打ってつけだって」

「で、でたらめだ。そいつの言うことは全部嘘だ！」

「父さん、もう諦めてよ。俺はこの人たちには何の恨みもない。ただ金が欲しかっただけだし、ここまでバレたんじゃ隠す方が罪が重くなる」

柏原さんはそう言い放つと、両脇を抱える男性に視線を向ける。

「警察の人でしょ？　俺、あの人に頼まれて詐欺みたいに青木さんを騙しました。事務所に出した履歴書も嘘だし、深夜町をうろついてた女子高生に金を握らせて青木さんからお金を騙し取りました。……それにあの人、俺に劇薬を用意しろって」

「それは……本当なの？」

彼の言葉に車いすに座っていた真知子さんが言った。その声に振り返り、真知子さんの顔を見た尾藤氏の顔が青ざめていく。

「ち、違うんだ、真知子」

「そ、そうよ！　勝手に彰が……」

口々に勝手な言い訳を口にするふたりの前に、ダークスーツの男性が立ちはだかる。

「尾藤さん。少しお伺いしたいことがあるので我々と一緒に来ていただけますか」

彼は有無言わせぬ鋭い眼差しでそう告げると、周囲を促すように顎を振る。

両脇を抱えられて連行される父親と弟に縋るように、愛奈さんも会場を出て行った。

君がいないと

高層階から見る都心の夜景はまるで色とりどりのビーズを散りばめたような美しさだ。赤や黄色や青、数えきれないほどの光が重なり、きらきらと夢のように輝いている。

この小さな光のひとつひとつに、数えきれない人たちの営みが宿っている。

遠くから見れば輝く宝石のようなあの光の下では、いったいどんな物語が繰り広げられているのだろう。

「柚」

低く優しい声に誘われて我に返ると、ソファーの隣にはいつの間にかバスルームから戻った恭輔さんが座っている。

「あ……私、ぼんやりしていて」

「疲れたんだろう。今日は色々大変だったからな」

恭輔さんは私の髪をそっと撫でると、「何か飲むか」と立ち上がって冷蔵庫の扉を開ける。

衝撃的な断罪劇が劇的に幕を閉じ、私たちはあれからまた色々な話をした。

尾藤親子や柏原さんのこと。真知子叔母さんの今後など、話題はいつまでも尽きなかったけれど、ひとまず大きな波が去り、それぞれが新しい一歩を踏み出そうとしていた。

紘輔は今夜は母とおば様……ママと一緒だ。さっき食事会で誰が紘輔と過ごすか協議した結果、母たちふたりで過ごすことにしたらしい。

結果的に父とお義父さんが同室となったが、それもいい機会のようだった。今夜は学生時代に戻って、色々と語り明かすらしい。

恭輔さんは冷蔵庫から白ワインを取り出すと、グラスをふたつ用意してくれる。

「これ、セルジュのドメーヌのワインですね」

「ああ。さっき柚が風呂に入ってる間に梨花が持ってきてくれた。冷やしてあるから、柚と一緒に飲めって」

恭輔さんはそう言ってソムリエナイフを手にすると、手際よくコルクを引き抜く。ポン、と小気味よい音がして、覚えのあるフレッシュな香りが辺りに漂った。ワイングラスに綺麗な蜂蜜色が注がれると、そのひとつを恭輔さんが手渡してくれる。

「乾杯しようか」

「何に……乾杯するの？」

「そうだな……それじゃ、みんなの未来に」

彼の優しい笑顔が、金色のグラスに映る。

「私、さっき愛奈さんに言われたことを考えていたんです」

恭輔さんに肩を抱かれながら、私はぽつりと呟いた。

セルジュにもらったワインは空いてしまって、今飲んでいるのはホテルが用意してくれたシャンパンだ。

「さっきって……警察に連れられて部屋を出て行った彼女を、柚が追いかけて行った時？」

恭輔さんの言葉に、私は頷く。

彼らが警察に連行された後、私は無意識に愛奈さんの後を追っていた。エレベーターホールに向かう廊下の途中で追いついた彼女に、私は何故こんなことをしたのかと聞いたのだ。

愛奈さんは義理とはいえ従姉妹だ。幼い頃から互いを知る相手に、どうしてこんな酷いことをしたのか。私にはそれがどうしても理解できなかった。

「愛奈さん、私だからだって言ったんです。お姉ちゃんならまだ我慢できる。でも私は許せないって」

「梨花にしろ俺にしろ、どうして柚にばかり優しいんだ。梨花には負けるが柚には勝ってる。だから不公平だと思ったたって、毒づいていたな」

「えっ……恭輔さん、聞いていたんですか」

「当たり前だ。危害を加えられたら大変だろう。もう柚から一時たりとも目を離すのはやめたんだ」

恭輔さんはそう言うと、シャンパンを口に含む。

「彼女は柚になりたかったのかもな。だから柚がいなくなればいいと思った。でもそれは間違ってる。誰も他の誰かになんてなれない。自分以外の誰にもね」

「恭輔さん……」

「彼女は彼女のまま生きるべきだった。何もかもひっくるめて自分を受け入れ、愛するべきだったんだ。それができなければ、人はきっと幸せにはなれない」

恭輔さんはフッとため息をつくと、グラスをテーブルに置く。

「それに柏原だって、本来は頭の回転が速い優秀な若者だ。彼のしたことは許されることじゃないけど、彼が生きてきた環境は劣悪だった。だから罪を償ったら、今度は自分を大切にして生きて欲しいと思う。柚、この国にはこんな理不尽がまだたくさんあるんだ。まだ若輩者だけど、俺は彼のような不幸な若者を少しでもなくす努力をしていくつもりだ」

「恭輔さん……。きっとできると思います。恭輔さんなら、きっと」

私の言葉に恭輔さんが輝くような笑顔を浮かべた。そして眼差しに力を込めて言う。

「世界中に柚はひとりしかいない。俺はそのたったひとりの君を愛した。だから君を失った時には、俺の人生にもう愛は見つけられないと思った」

「恭輔さん……」

「君がいないと全部ダメなんだ。上手くしゃべれないし、笑えないし、呼吸すらどうやってすればいいか分からなくなった。だから……もう絶対俺をひとりにしないでくれ」

恭輔さんはそう言って、私をそっと抱きしめる。

たったひとりの私。たったひとりの紘輔。両親だって姉だってセルジュだって、それに愛奈さんや柏原さんだってひとりしかいない。

それぞれみんなが、たったひとりの大切な人なんだ。

「私、これからもっとたくさんの人と話そうと思います」

紘輔はマンションの中の小さな公園で、どんどんお友達を増やしている。たくさんのお友達と関わり、できることや言葉が目覚ましく増えている。

私にもママの知り合いが増え、来週は公園でささやかなクリスマス会をしようという楽しい計画も進行中だ。

私はさっき見た、愛奈さんの暗く翳った頑なな眼差しを思い出す。

私は愛奈さんが苦手だった。だから小さい頃から、彼女とあまり話をしなかった気がする。もっと話せていたら……こんな悲しい出来事は起きなかったかもしれない。

「柚の世界が広がるのは大歓迎だ。でも、俺のことだって考えてくれよ。もう柚がいないと生きていけない身体なんだ。……責任はとって」

恭輔さんはそう言うと、両手で頬を包み込んで唇を合わせる。私は彼の手から逃れ、ほんの少し唇を離して言った。

「でも……さっきはちょっと気になりました。あの、愛奈さんが恭輔さんと食事に行ったって……」

「あれは……正義のためのちょっとした犠牲だ」

「でも、恭輔さんの手を握った愛奈さんをじっと見つめたって」

甘えにも似た嫉妬でそう呟くと、彼の黒い瞳が焦れたように歪められる。

「ああ、もう……その話はお終いだ」

抗議の言葉を紡ごうとした唇が触れて、柔らかな舌が甘く絡んで。あっという間に彼の腕の中に囚われて、深く愛を刻み付けられる。

彼の唇に翻弄されながら、私は遥かに広がる未来へ思いを馳せるのだった。

エピローグ～side 恭輔～

休日の県立公園はたくさんの人で賑わっている。

駐車場の列に並ぶ車窓から途切れなく公園へ流れ込んでいく家族連れを眺めていると、運転席の黒川さんが言った。

「恭輔さん、私は駐車場を探して車を停めてきますので、先に入ってください」

「市長との約束の時間にはまだ少しあるし、俺も待ちますよ」

「いや、柚花さんにお話もあるでしょうし……さ、早く行ってください」

黒川さんに促され、俺は「すみません。それじゃお先に」と言って後部座席から車外に出る。

今日この公園では、市が主催する恒例の桜祭りが開催されている。

桜の木が多く植えられているこの公園は、市街地にありながら見事な桜が見られる県内有数の桜の名所でもある。

俺が今日ここへ足を運んだのは、最近党内の若手議員で結成した会のＰＲのためだ。

俺はこの春、仲間と一緒に子どもたちを貧困やハラスメントから救い出す活動を始めた。

この国には表に出てこない子どもたちの問題が山積されている。システム上保護の対象にならなくとも、救い出さなくてはならない子どもたちが数えきれないほど存在する。

未来を切り開くのはいつの時代も若葉のような子どもたちだ。彼らを救わなければこの国に未来はない。

そのことを世の中に広く周知したいと始めた活動だ。

今日は事務局の片隅にチラシを置いてもらい、立ち寄った人たちにも説明をして少しでも興味を持ってもらうつもりだ。

(天気も良いし、桜祭りは大盛況だな。それで柚は……)

場所は正門の近くだと聞いていたから、俺は目立たないよう素早く視線を巡らせる。するとすぐ左のテントの下で、『婦人会』と書かれた大きなのぼりと格闘するエプロン姿の柚を見つけた。

思わず駆け寄り、彼女の手からのぼりを受け取る。

「恭輔さん!」

「柚、お疲れ様。これ、ここに立てればいいのか。それと、その手に持ってる垂れ幕は……」

「豊島《とよしま》さんがテントに飾って欲しいって。どうやって飾ればいいのかな……」

柚の手にあるのは〝婦人会〟と書かれた年季の入った垂れ幕だ。

「よし。それじゃ、目立つ場所に飾ろう」

俺は側にあったパイプ椅子を柚に押さえてもらい、椅子の上に立ってテントの前面に垂れ幕を結び付けていく。

この地域で戦前からあるこの会は、家庭を守る主婦たちの手で守られてきた慈善団体だ。有事があるたび団結して地域を守り盛り立ててきた会の存在意義はとても大きいと、真田の家では代々大切にお付き合いを重ねている。

今日は婦人会で飲み物と和菓子を売るらしく、テーブルには温かな紅茶やコーヒー、それに地元の和菓子店の花見団子やおはぎなど素朴な菓子が並んでいる。

テント横のスペースには子ども会と連携して昔懐かしい折り紙や和紙の栞作りなどの体験コーナーが設置されており、事務局で買ってもらったチケットで利用してもらうシステムだ。

「あら、旦那様」

柚の背後から、姿勢の良い初老の婦人が笑顔で近寄ってきた。

婦人会の会長である豊島さんは六十代半ばで、地元後援会の副会長を務める女性だ。地域有数の地主の奥様という立場もあり交友関係も広い彼女は、父の代から後援会で力強い応援をしてくれる古くからの真田の支援者でもある。

今日は彼女率いる婦人会が桜祭りのイベントに参加するということで、柚に手伝いのお声が掛かった。

議員の妻として地元の地域活動に助力することは不可欠だが、柚の初めての公の場での活動が心配で、今日はつい早めに家を出てきてしまった。

「お世話になっています。豊島さん、今日はお疲れ様です」

「恭輔さん、こんにちは。今日は奥様をお借りしていますよ」

豊島さんは柚と俺を見比べながら、笑顔を浮かべて言葉を続ける。

「柚ちゃんは気さくで優しいいし、よく気がつく働き者だから私たち助かってるの。今度、子ども会の行事にもアドバイザーとして参加してくれるのよ」

「そうですか。妻がお役に立てればいいんですが」

「何を言ってるの。とても優秀でアイデアに溢れた、素敵なお嬢さんですよ。……あなた、本当に良い奥さんを選んだわね」

きらきらと輝く豊島さんの確信めいた眼差しを、俺は真っ直ぐに受け取って答える。

「ええ。僕も必死でしがみ付いて彼女に結婚してもらいましたから、もう二度と離さないつもりです」

そのやり取りに柚が恥ずかしそうに笑ったところで、入り口の方から聞き慣れた声が聞こえた。

「パパっ、ママーっ」

振り返ると俺の両親に伴われた紘輔が、こちらに向かって弾かれたように走ってくるのが見えた。両手を広げて抱き上げると、小さな手が肩にぎゅっとしがみ付く。

紘輔は年明けから幼稚園のプレスクールに通い出し、その影響もあってかますます明るく活発になった。

日々成長していく紘輔が頼もしく、心の底から愛おしい。

柚や紘輔を想えば、自然に身体中に力が漲っていく。こんな幸福を与えてくれた柚と紘輔を、人生をかけて守っていこうと心に誓う。

「豊島さん、今日はお疲れ様です」

あらかじめ約束を交わしていたのか、両親の側にはおじさんとおばさんもいる。

昔馴染みの面々が揃い、豊島さんや他の婦人会のメンバーも交えてみんなの顔に笑みが浮かぶ。

「紘ちゃん、恭輔さんそっくりねぇ」

「ほんと、こんなに似たんじゃゃ、蔦子さんも可愛くてしょうがないでしょ」

紘輔はいつの間にか周囲に集まってきた婦人会の人たちに次々に抱っこされ、すでに子どもたちで賑わい始めた体験スペースへと連れ去られてしまう。

紘輔を追って、両親たちも豊島さんに別れを告げてその場を後にする。

「すみませーん。これください！」

「あっ……お待たせしました。花見団子と、お茶ふたつですね」

いつの間にか花見団子を手にしていたお客さんに、柚が慌てて対応を始めた。

接客業をした経験はないはずだが、どうしてなかなか様になっている。何より、笑顔がいい。

可愛い柚の姿に悦に入っていると、隣にいた豊島さんがしみじみと言った。

「でも、柚ちゃんのお父さんも元気になって良かったわね。青木製作所の社長にも復帰されたし、これで柚ちゃんや瞳子さんも安心できるわね」

おじさんは一身上の都合で突然退任した尾藤氏に代わり、今年の年明けに青木製作所の代表取締役に復帰した。

今では体力も戻り、かつて以上の気力で業務に取り組んでいる。そんなおじさんの様子に、柚の家族も俺たちも心から安堵している。

「それに……ここだけの話だけと株価も戻ったって、主人が喜んでいたわ。政府の仕事もう始まるそうだし、前の人じゃとても……ね？」

豊島さんは最後は声を潜めると、分かりやすく眉間に皺を寄せる。

尾藤氏が逮捕されたことは、詳細までは分からないもののみんなの耳にも入っているらしい。

あれから、尾藤氏と柏原は警察の捜査の末刑事告発された。黒川さんによれば実刑は免れないだろうということだ。

柚たちが受けた苦しみを思えば当然のことだが、柏原のことを考えるとやりきれない気分になる。罪を償い、今度は自分のために恵まれた知性を生かして欲しい。

愛奈は直接犯罪に加わっていないということで刑事告発は免れたが、今回のことで離婚を決めた柚の叔母さんの意向もあって早々に家を出て行ったらしい。

その後どこでどう暮らしてるのかは誰も知らなかった。

「ご迷惑をお掛けして申し訳ありません」

妻の実家の株主でもある豊島さんに深々と頭を下げると、からりと明るい笑顔を向けてくれる。

「いいのよ。それに、柚ちゃんも大変だったわね。お父さんの病気で披露宴ができなかったのは残念だけど、この間開いてくれたお披露目の懇親会はとっても素敵だった。私たちも、本当に嬉しかったわ」

つい先日、豊島さん始め後援会の人たちを招いて、俺と柚との結婚の報告会が開催された。幼い頃から顔見知りの人たちはみんな最初は驚いたものの、俺にそっくりな紘輔を見るや否や、無条件に笑顔で祝福してくれた。

結婚の報告が遅れたことも、おじさんの重病と柚の産後の体調不良が重なったために控えていたということで、取りあえずはみんな納得したようだった。

それに、ワインの販促で来日していた梨花とセルジュも一緒に結婚の報告をしたことで、宴はさらに盛り上がりを見せた。

中でもイケメンフランス人であるセルジュの人気が凄まじく……俺としては少々腑に落ちない気分だ。

「特に柚ちゃんと梨花ちゃんのドレスが……」

豊島さんはうっとりした顔でひとしきり柚たちのドレスを褒めた後、ちょっと悪戯っぽい笑みを浮かべて言った。

「でも恭輔さん、私ね、実は昔から恭輔さんには柚ちゃんの方がお似合いだって思っていたの」

「えっ……」

「本当よ。あなたが留学した時、柚ちゃんに花束を渡してもらったことがあったでしょう。あの時ピンと来たの。このふたり、結婚するんじゃないかしらって。薔薇の花を髪に飾った柚ちゃんをあなたが大切そうに抱っこして、ふたりとも本当に可愛かったんだもの」

ざっと吹いた春の風の中で、大らかに豊島さんが笑った。そして「さて、私も紘ちゃんと遊んでこよう」と、狐につままれたような顔をした俺を置き去りにしてみんなの元へ行ってしまう。

そのエネルギッシュな後姿を呆然と見つめていると、来客の波が切れた柚が俺の元へ戻ってきた。

「豊島さん、すごい人ですよね。エネルギーに満ち溢れていて、自然に人が集まってくる」

「ああ。あそこまでいくと、もう生まれ持った天性のものだな」

豊島さんはこの地域の真のフィクサー。俺の新たな取り組みにも、きっと欠かせない存在になる。でも、いきなりあんなにオーラの強い人の側で柚は大丈夫だろうか。

「お手伝いは順調？　柚、大変なら……」

「大丈夫。私、とても楽しいんです。教わることも多いし、たくさんの人に会えるし」

そう言って笑顔を向ける柚が眩しくて、俺は思わず目を細めた。

未来を切り開くのはいつも若い青葉。太陽の光を浴びて勢いを増す新緑に、今の柚はとてもよく似ている。

「柚、一仕事したら一緒に桜を見よう。今日はみんな揃ってるから、紘輔は任せてふたりきりで」

「ふふ、はい。それじゃ、私もしっかり働いて待ってますね」

「ああ。俺もしっかり仕事してくる」

そう言って事務局へ行きかけたところで、不意に子どもたちに周りを囲まれる。

「これ、どうぞ！」

「こっちもどうぞ！」

道行く人たちに子どもたちが競い合うように配っているのは、一輪ずつセロファンに包まれた様々な色のカーネーションだ。

赤や黄色、白にブルー。

小さな手の中にある色とりどりの花々が目に映り、その中の一輪の花に胸の鼓動が大きく高鳴った。

高揚する気持ちで受け取り、居ても立ってもいられない気持ちで柚の元へ駆け戻る。

「どうしたの？」

俺の背中を見送っていた様子の柚は、何があったのかと心配そうだ。

そんな顔すら愛おしくて、胸が苦しくなる。

「これをもらったから」

手の中にある薄いピンクの花を見せると、柚の顔に柔らかな笑顔を浮かぶ。

「そういえば、さっきも入り口で子どもたちが配って……」

柚がそう言いかけたところでするりと花を抜き取り、短く折って柚の後ろで束ねた髪にそっと挿してやる。

あの時と同じ、優しいピンクの可憐な花。

「やっぱり、柚にはこんな色の花が似合うな。……すごく綺麗だ」

俺の言葉に、彼女の色素の薄い瞳が潤んだ。透明感のある白い肌にうっすらと紅が差し、得も言われぬ美しさが俺を襲う。

「恭輔さん……」

「それじゃ、今度こそ行ってくる。……柚、愛してるよ」

俺の言葉に、柚の顔が赤く染まった。彼女の中が俺でいっぱいになったことを確認し、俺は踵を返す。

「柚ちゃん、ちょっとお願い！」

背後で、豊島さんの声に慌てて返事をする柚の声が聞こえる。

振り返れば視線の少し先では、紘輔を囲んだ両親たちが楽しそうに笑っている。

あの時、柚の髪に花を挿した時から始まった俺たちの物語は、今もこうして新しい幸福を巻き込みながら継続中だ。

辺りには萌えいずる若葉。その中で咲く花のような君を、俺は愛してやまない。

季節は春爛漫。

目まぐるしく過ぎていく俺たちの季節は、まだ始まったばかりだった。

あとがき

初めまして。こんにちは。有坂芽流《ありさかめる》です。

このたびは私の作品をお手に取って頂き、本当にありがとうございます！

さて、今回のヒーローとヒロイン、恭輔と柚花は幼馴染。両片思いでありながら柚花の姉が恭輔の許嫁という、ど一んとした設定から物語は始まります。

純愛シークレットベビーということで色々起こりますが、皆様に少しでもお楽しみ頂けるといいな、と心から願っております。

最後になりましたが、ご尽力頂いたすべての皆様に感謝申し上げます。

そして何より、いつも見守ってくださる読者の皆様に心からの愛と感謝を。

お元気で、幸福で。いつかまた、どこかでお目にかかれることを祈っています。

有坂芽流

ファンレターの宛先

マーマレード文庫をお買い上げいただきありがとうございます。
この作品を読んでのご意見・ご感想をお聞かせください。

宛先

〒100-0004　東京都千代田区大手町 1-5-1
大手町ファーストスクエア イーストタワー 19 階
株式会社ハーパーコリンズ・ジャパン　マーマレード文庫編集部
有坂芽流先生

マーマレード文庫特製壁紙プレゼント!

読者アンケートにお答えいただいた方全員に、表紙イラストの
特製 PC 用・スマートフォン用壁紙をプレゼントします。

詳細はマーマレード文庫サイトをご覧ください!!

公式サイト

@marmaladebunko

twitter も チェック!

原・稿・大・募・集

マーマレード文庫では
大人の女性のための恋愛小説を募集しております。

優秀な作品は当社より文庫として刊行いたします。
また、将来性のある方には編集者が担当につき、個別に指導いたします。

募集作品 男女の恋愛が描かれたオリジナルロマンス小説(二次創作は不可)。
商業未発表であれば、同人誌・Web 上で発表済みの作品でも
応募可能です。

応募資格 年齢性別プロアマ問いません。

応募要項
・パソコンもしくはワープロ機器を使用した原稿に限ります。
・原稿はA4判の用紙を横にして、縦書きで40字×32行で130枚〜150枚。
・用紙の1枚目に以下の項目を記入してください。
①作品名（ふりがな）／②作家名（ふりがな）／③本名（ふりがな）
④年齢職業／⑤連絡先（郵便番号・住所・電話番号）／⑥メールアドレス／⑦略歴（他紙応募歴等）／⑧サイトURL（なければ省略）
・用紙の2枚目に800字程度のあらすじを付けてください。
・プリントアウトした作品原稿には必ず通し番号を入れ、
右上をクリップなどで綴じてください。
・商業誌経験のある方は見本誌をお送りいただけるとわかりやすいです。

注意事項
・お送りいただいた原稿は返却いたしません。あらかじめご了承ください。
・応募方法は必ず印刷されたものをお送りください。
CD-Rなどのデータのみの応募はお断りいたします。
・採用された方のみ担当者よりご連絡いたします。選考経過・審査結果についてのお問い合わせには応じられませんのでご了承ください。

m a r m a l a d e b u n k o

応募先 〒100-0004 東京都千代田区大手町1-5-1 大手町ファーストスクエア イーストタワー19階
株式会社ハーパーコリンズ・ジャパン「マーマレード文庫作品募集」係

ご質問はこちらまで E-Mail / marmalade_label@harpercollins.co.jp

マーマレード文庫

姉の元許嫁の政界御曹司は、
ママとシークレットベビーを抱きしめて離さない

2023年3月15日　第1刷発行　定価はカバーに表示してあります

著者　有坂芽流　©MERU ARISAKA 2023
編集　株式会社エースクリエイター
発行人　鈴木幸辰
発行所　株式会社ハーパーコリンズ・ジャパン
東京都千代田区大手町1-5-1
電話　03-6269-2883（営業）
0570-008091（読者サービス係）
印刷・製本　中央精版印刷株式会社

Printed in Japan ©K.K. HarperCollins Japan 2023
ISBN-978-4-596-76949-7

m a r m a l a d e b u n k o